CATÉCHISME

DES INDUSTRIELS.

IIIe CAHIER.

CATÉCHISME
DES INDUSTRIELS.

TROISIÈME CAHIER.

Ce troisième cahier est de notre élève, M. Auguste Comte. Nous lui avions confié, ainsi que nous l'avons annoncé dès notre première livraison, le soin d'exposer les généralités de notre système : c'est le commencement de son travail que nous allons mettre sous les yeux du lecteur.

Ce travail est certainement très-bon, considéré du point de vue où son auteur s'est placé; mais il n'atteint pas exactement au but que nous nous étions proposé, il n'expose point les généralités de notre système, c'est-à-dire, il n'en expose qu'une partie, et il fait jouer le rôle prépondérant à des généralités que nous ne considérons que comme secondaires.

Dans le système que nous avons conçu, la capacité industrielle est celle qui doit se trouver en première ligne; elle est celle qui doit juger la valeur de toutes les autres capacités, et les faire travailler toutes pour son plus grand avantage.

Les capacités scientifiques, dans la direction de *Platon* et dans celle d'*Aristote*, doivent être considérées par les industriels comme leur étant d'une égale utilité, et ils doivent par conséquent leur accorder une considération égale, et leur répartir également les moyens de s'activer.

Voilà notre idée la plus générale; elle diffère sensiblement de celle de notre élève, qui s'est placé au point de vue *d'Aristote*, c'est-à-dire au point de vue exploité de nos jours par l'Académie des sciences physiques et mathématiques: il a considéré par conséquent la capacité *aristoticienne* comme la première de toutes, comme devant primer le spiritualisme, ainsi que la capacité industrielle et la capacité philosophique.

De ce que nous venons de dire, il résulte que notre élève n'a traité que la partie scientifique notre système; mais qu'il n'a point exposé sa partie sentimentale et religieuse : voilà ce dont nous avons dû prévenir nos lecteurs. Nous remédierons autant qu'il nous sera possible à cet inconvénient dans le cahier suivant, en présentant nous-mêmes nos généralités.

Au surplus, malgré les imperfections que nous trouvons au travail de M. Comte, par la raison qu'il n'a rempli que la moitié de nos vues, nous déclarons formellement qu'il nous paraît le meilleur écrit qui ait jamais été publié sur la politique générale.

SYSTÈME

DE

POLITIQUE POSITIVE,

PAR AUGUSTE COMTE,

ANCIEN ÉLÈVE DE L'ÉCOLE POLYTECHNIQUE,

ÉLÈVE DE HENRI SAINT-SIMON.

———

TOME PREMIER.

PREMIÈRE PARTIE.

A PARIS,

CHEZ LES PRINCIPAUX LIBRAIRES.

———

1824.

AVERTISSEMENT

DE L'AUTEUR.

Cet ouvrage se composera d'un nombre indéterminé de volumes formant une suite d'écrits distincts, mais liés entre eux, qui tous auront pour but direct soit d'établir que la politique doit aujourd'hui s'élever au rang des sciences d'observation, soit d'appliquer ce principe fondamental à la réorganisation spirituelle de la société.

Les deux premiers volumes, qui peuvent être regardés comme une sorte de prospectus philosophique de l'ensemble de l'ouvrage, contiendront à la fois l'exposition du plan des travaux scientifiques sur la politique, divisés en trois grandes séries, et une première tentative pour exécuter ce plan.

Le premier volume est, en conséquence, composé de deux parties : l'une est relative au plan de la première série de travaux; l'autre, qui sera publiée peu de temps après, se rapporte à son exécution.

Le but de la première partie est proprement d'établir, d'une part, l'esprit qui doit régner dans la politique, considérée comme une science positive ; et, d'une autre part, de démontrer la nécessité et la possibilité d'un tel changement. L'objet de la seconde est d'ébaucher le travail qui doit imprimer ce caractère à la politique, en présentant un premier coup d'œil scientifique sur les lois qui ont présidé à la marche générale de la civilisation, et, par suite, un premier aperçu du système social que le développement naturel de l'espèce humaine doit rendre aujourd'hui dominant. En un mot, la première partie traite de la méthode en physique sociale, et la seconde de son application.

La même division sera observée dans le volume suivant, relativement aux deux autres séries de travaux.

Afin de caractériser avec toute la précision convenable l'esprit de cet ouvrage, quoiqu'étant, j'aime à le déclarer, l'élève de M. Saint-Simon, j'ai été conduit à adopter un titre général distinct de celui des travaux de mon maître. Mais cette distinction n'influe point sur le but identique des deux sortes d'écrits, qui doivent être envisagés comme ne formant qu'un seul corps de doctrine, tendant, par deux voies diffé-rentes, à l'établissement du même système politique.

J'ai adopté complètement cette idée phi-losophique émise par M. Saint-Simon, que la réorganisation actuelle de la société doit donner lieu à deux ordres de travaux spiri-tuels, de caractère opposé mais d'égale importance. Les uns, qui exigent l'emploi de la capacité scientifique, ont pour objet la refonte des doctrines générales; les autres, qui doivent mettre en jeu la capacité litté-raire et celle des beaux arts, consistent dans le renouvellement des sentimens sociaux.

La carrière de M. Saint-Simon a été em-ployée à découvrir les principales concep-tions nécessaires pour permettre de cultiver efficacement ces deux branches de la grande opération philosophique réservée au dix-neuvième siècle. Ayant médité depuis long-temps les idées-mères de M. Saint-Simon, je me suis exclusivement attaché à systé-matiser, à développer et à perfectionner la partie des aperçus de ce philosophe qui se rapporte à la direction scientifique. Ce tra-vail a eu pour résultat la formation du système de politique positive, que je commence aujourd'hui à soumettre au jugement des penseurs.

J'ai cru devoir rendre publique la déclaration précédente, afin que si mes travaux paraissent mériter quelque approbation, elle remonte au fondateur de l'école philosophique dont je m'honore de faire partie.

Il est, sans doute, superflu de justifier ici de la loyauté de mes intentions politiques, et d'entreprendre de prouver l'utilité des vues que j'expose. Le public et les hommes d'état jugeront l'un et l'autre point à la lecture de cet ouvrage : c'est à eux qu'il appartient de décider, après un mûr examen, si ces idées tendent à jeter dans la société de nouveaux élémens de trouble, ou à seconder, par des moyens spéciaux et dont le concours est indispensable, les efforts des gouvernemens pour rétablir l'ordre en Europe.

PLAN

DES

TRAVAUX SCIENTIFIQUES NÉCESSAIRES POUR RÉORGANISER LA SOCIÉTÉ;

PAR AUGUSTE COMTE,

Ancien élève de l'école polytecnique,

Élève de Henri Saint-Simon.

INTRODUCTION.

Un système social qui s'éteint, un nouveau système parvenu à son entière maturité et qui tend à se constituer, tel est le caractère fondamental assigné à l'époque actuelle par la marche générale de la civilisation. Conformément à cet état de choses, deux mouvemens de nature différente agitent aujourd'hui la société; l'un de désorganisation, l'autre de réorganisation. Par le premier, considéré isolément, elle est entraînée vers une profonde anarchie morale et politique qui semble la menacer d'une prochaine et inévitable dissolution. Par le second, elle est conduite vers l'état social définitif de l'espèce

1

humaine, le plus convenable à sa nature, celui où tous ses moyens de prospérité doivent recevoir leur plus entier développement et leur application la plus directe. C'est dans la coexistence de ces deux tendances opposées que consiste la grande crise éprouvée par les nations les plus civilisées. C'est sous ce double aspect qu'elle doit être envisagée pour être comprise.

Depuis le moment où cette crise a commencé à se manifester, jusqu'à présent, la tendance à la désorganisation de l'ancien système a été dominante, ou plutôt elle est encore la seule qui se soit nettement prononcée. Il était dans la nature des choses que la crise commençât ainsi, et cela était utile, afin que l'ancien système fût assez modifié, pour permettre de procéder directement à la formation du nouveau.

Mais aujourd'hui que cette condition est pleinement satisfaite, que le système féodal et théologique est aussi atténué qu'il peut l'être jusqu'à ce que le nouveau système commence à s'établir, la prépondérance que conserve encore la tendance critique est le plus grand obstacle aux progrès de la civilisation, et même à la destruction de l'ancien système. Elle est la cause première des secousses terribles et sans cesse renaissantes dont la crise est accompagnée.

La seule manière de mettre un terme à cette,

orageuse situation., d'arrêter l'anarchie qui en-
vahit de jour en jour la société, en un mot, de
réduire la crise à un simple mouvement moral,
c'est de déterminer les nations civilisées à quitter la direction critique pour prendre la direction organique, à porter tous leurs efforts vers
la formation du nouveau système social, objet
définitif de la crise, et pour lequel tout ce qui
s'est fait jusqu'à présent n'est que préparatoire.

Tel est le premier besoin de l'époque actuelle.
Tel est aussi en aperçu le but général de nos
travaux, et le but spécial de cet écrit qui a pour
objet de mettre en jeu les forces qui doivent entraîner la société dans la route du nouveau système.

Un examen sommaire des causes qui ont jusqu'à présent empêché la société et qui l'empê-
chent encore de prendre franchement la direction organique, doit naturellement précéder
l'exposition des moyens à employer pour l'y faire
entrer.

Les efforts multipliés et continus, faits par les
peuples et par les rois, pour réorganiser la société, prouvent que le besoin de cette réorganisation est généralement senti. Mais il ne l'est
de part et d'autre que d'une manière vague et
imparfaite. Ces deux sortes ds tentatives, quoiqu'opposées, sont également vicieuses sous des

rapports différents. Elles n'ont pas eu jusqu'à présent et ne sauraient jamais avoir aucun résultat vraiment organique. Loin de tendre à terminer la crise, elles ne contribuent qu'à la prolonger. Telle est la véritable cause qui, malgré tant d'efforts, retenant la société dans la direction critique, la laisse en proie aux révolutions.

Pour établir cette assertion fondamentale, il suffit de jeter un coup-d'œil général sur les essais de réorganisation entrepris par les rois et par les peuples.

L'erreur commise par les rois est la plus facile à saisir. Pour eux, la réorganisation de la société, c'est le rétablissement pur et simple du système féodal et théologique dans toute sa plénitude. Il n'y a pas, à leurs yeux, d'autre moyen de faire cesser l'anarchie qui résulte de la décadence de ce système.

Il serait peu philosophique de regarder cette opinion comme principalement dictée par l'intérêt particulier des gouvernans. Quelque chimérique qu'elle soit, elle a dû se présenter naturellement aux esprits qui cherchent de bonne foi un remède à la crise actuelle, et qui sentent, dans toute son étendue, le besoin d'une réorganisation, mais qui n'ont pas considéré la marche générale de la civilisation, et qui, n'envisageant l'état présent des choses que sous une seule face, n'aperçoivent pas la tendance de la société vers l'établissement d'un nouveau système, plus parfait et non moins consistant que l'ancien. En un mot, il est naturel que cette manière de voir soit proprement celle des gouvernans ; car, du point de vue où ils sont placés, ils doivent nécessairement apercevoir avec plus d'évidence l'état anarchique de la société, et, par suite, éprouver avec plus de force le besoin d'y remédier.

Ce n'est point ici le lieu d'insister sur l'absurdité manifeste d'une telle opinion. Elle est aujourd'hui universellement reconnue par la masse des hommes éclairés. Sans doute les rois, en cherchant à reconstruire l'ancien système, ne comprennent point la nature de la crise actuelle, et sont loin d'avoir mesuré toute l'étendue de leur entreprise.

La chute du système féodal et théologique ne tient point, comme ils le croient, à des causes récentes, isolées et en quelque sorte accidentelles. Au lieu d'être l'effet de la crise, elle en est au contraire le principe. La décadence de ce système s'est effectuée d'une manière continue pendant les siècles précédents, par une suite de modifications, indépendantes de toute volonté humaine, auxquelles toutes les classes de la société ont concouru, et dont les rois eux-mêmes ont souvent été les premiers agens ou les plus ardents promoteurs. Elle a été, en un mot, la conséquence nécessaire de la marche de la civilisation.

Il ne suffirait donc pas, pour rétablir l'ancien système, de faire rétrograder la société jusqu'à l'époque où la crise actuelle a commencé à se prononcer. Car, en admettant qu'on y parvînt, ce qui est absolument impossible, on aurait seulement replacé le corps social dans la situation qui a nécessité la crise. Il faudrait donc, en remontant les siècles, réparer successivement toutes les pertes que l'ancien système a faites depuis six cents ans, et auprès desquelles ce que lui ont enlevé les trente dernières années, n'est d'aucune importance.

Pour y parvenir, il n'y aurait d'autre moyen que d'anéantir un à un tous les développemens de civilisation qui ont déterminé ces pertes.

Ainsi, par exemple, ce serait vainement qu'on supposerait détruite la philosophie du dix-huitième siècle, cause directe de la chute de l'ancien système, sous le rapport spirituel, si on ne supposait aussi l'abolition de la réforme du seizième, dont la philosophie du siècle dernier n'est que la conséquence et le développement. Mais comme la réforme de Luther n'est, à son tour, que le résultat nécessaire du progrès des sciences d'observations introduites en Europe par les Arabes, on n'aurait encore rien fait pour assurer le rétablissement de l'ancien système, si on ne réussissait aussi à étouffer les sciences positives.

De même, sous le rapport temporel, on serait conduit de proche en proche, jusqu'à remettre les classes industrielles en état de servage, puisqu'en dernière analyse l'affranchissement des communes est la cause première et générale de la décadence du système féodal. Enfin, pour achever de caractériser une telle entreprise, après avoir vaincu tant de difficultés, dont la moindre, considérée isolément, est au-dessus de tout pouvoir humain, on n'aurait encore obtenu rien autre chose que d'ajourner la chute définitive de l'ancien système, en obligeant la société à en recommencer la destruction, parce qu'on n'aurait pas éteint le principe de civilisation progressive, inhérent à la nature de l'espèce humaine.

Un projet aussi monstrueux, par son étendue comme par son absurdité, n'a pu évidemment être conçu dans son ensemble par aucune tête. Malgré soit, on est de son siècle. Les esprits qui croient lutter le plus contre la marche de la civilisation, obéissent à leur insu, à son irrésistible influence, et concourent d'eux-mêmes à la seconder.

Aussi, les rois, en même temps qu'ils projettent de reconstruire le système féodal et théologique, tombent-ils dans des contradictions perpétuelles en contribuant par leurs propres actes, soit à rendre plus entière la désorganisation de ce système, soit à accélérer la formation de celui qui doit le remplacer. Les faits de ce genre s'offrent en foule à l'observateur.

Pour n'indiquer ici que les plus remarquables, on voit les rois tenir à honneur d'encourager le perfectionnement et la propagation des sciences et des beaux-arts, et d'exciter le développement de l'industrie; on les voit créer à cet effet de nombreux et utiles établissemens, quoi que ce soit, en dernière analyse, aux progrès des sciences, des beaux-arts et de l'industrie, que doive être rapportée la décadence de l'ancien système.

C'est encore ainsi que, par le traité de la sainte-alliance, les rois ont dégradé autant qu'il était en eux le pouvoir théologique, base principale de l'ancien système, en formant un conseil européen suprême, dans lequel ce pouvoir n'a pas même une voix consultative.

Enfin, la manière dont se partagent aujourd'hui les opinions au sujet de la lutte entreprise par les Grecs, offre un exemple encore plus sensible de cet esprit d'inconséquence. On voit,

dans cette occasion (1), les hommes qui prétendent rendre aux idées théologiques leur an-
tique influence, constater involontairement eux-
mêmes la décadence de ces idées dans leur propre esprit, en ne craignant pas de prononcer
en faveur du mahométisme un vœu qui eût at-
tiré sur eux l'accusation de sacrilége dans les
temps de splendeur de l'ancien système.

En suivant la série d'observations qui vient
d'être indiquée, chacun peut aisément y ajouter de nouveaux faits qui se multiplient journel-
lement. Les rois ne font, pour ainsi dire, pas
un seul acte, une seule démarche, tendant au
rétablissement de l'ancien système ; qui ne soit
aussitôt suivi d'un acte dirigé dans le sens contraire ; et souvent la même ordonnance les con-
tient l'un et l'autre.

Cette incohérence radicale est ce qu'il y a de
plus propre à mettre dans tout son jour l'absurdité d'un plan que ne comprennent point
ceux mêmes qui en suivent l'exécution avec le
plus d'ardeur. Elle montre clairement combien
est complète et irrévocable la ruine de l'ancien

---

(1) Pour sentir toute la portée de ce fait, il faut se rappeler que le Pape lui-même s'est prononcé dans ce sens,
en refusant formellement aux jeunes gens de la noblesse
romaine la permission d'aller au secours des Grecs.

système. Il est inutile d'entrer ici dans de plus
grands détails à ce sujet.

La manière dont les peuples ont conçu jusqu'à présent la réorganisation de la société n'est
pas moins vicieuse, quoiqu'à d'autres égards,
que celle des rois. Seulement leur erreur est plus
excusable, puisqu'ils s'égarent dans la recherche
du nouveau système vers lequel la marche de la
civilisation les entraîne, mais dont la nature n'a
pas encore été assez clairement déterminée;
tandis que les rois poursuivent une entreprise
dont une étude un peu attentive du passé démontre, avec une pleine évidence, l'absurdité
totale. En un mot, les rois sont en contradiction
avec les faits, et les peuples le sont avec les principes, qu'il est toujours bien plus difficile de ne
pas perdre de vue. Mais l'erreur des peuples est
beaucoup plus importante à déraciner que celle
des rois, parce qu'elle seule forme un obstacle
essentiel à la marche de la civilisation, et que
d'ailleurs la première donne seule quelque consistance à la seconde.

L'opinion dominante dans l'esprit des peuples
sur la manière dont la société doit être réorga-
ganisée, a pour trait caractéristique une profonde ignorance des conditions fondamentales
que doit remplir un système social quelconque,
pour avoir une consistance véritable. Elle se

réduit à présenter comme principes organiques, les principes critiques qui ont servi à détruire le système féodal et théologique, ou, en d'autres termes, à prendre de simples modifications de ce système pour les bases de celui qu'il faut établir.

Qu'on examine, en effet, avec attention, les doctrines accréditées aujourd'hui parmi les peuples, dans les discours de leurs partisans les plus capables, et dans les écrits qui en offrent l'exposition la plus méthodique; qu'après les avoir considérées en elles-mêmes, on observe historiquement leur formation successive, on les trouvera conçues dans un esprit purement critique, qui ne saurait servir de base à une réorganisation (1).

Le gouvernement qui, dans tout état de choses régulier, est la tête de la société, le guide et l'agent de l'action générale, est systématiquement dépouillé, par ces doctrines, de tout principe d'activité. Privé de toute participation importante à la vie d'ensemble du corps social, il est réduit à un rôle absolument négatif. On regarde même toute l'action du corps social sur ses membres comme devant être strictement

---

(1) Une discussion de cette importance ne peut être qu'esquissée dans cet écrit. Elle recevra plus de développement dans un travail spécial qui sera publié plus tard.

bornée au maintien de la tranquillité publique, ce qui n'a jamais pu être, dans aucune société active, qu'un objet subalterne, dont le développement de la civilisation a même singulièrement atténué l'importance, en rendant l'ordre très-facile à maintenir.

Le gouvernement n'est plus conçu comme le chef de la société, destiné à unir en faisceau et à diriger vers un but commun toutes les activités individuelles. Il est représenté comme un ennemi naturel, campé au milieu du système social, contre lequel la société doit se fortifier par les garanties qu'elle a conquises, en se tenant vis-à-vis de lui dans un état permanent de défiance et d'hostilité défensive prête à éclater au premier symptôme d'attaque.

Si, de l'ensemble, on passe aux détails, le même esprit se présente plus clairement encore. Il suffira ici de le montrer pour les points principaux au spirituel et au temporel.

Le principe de cette doctrine, sous le rapport spirituel, est le dogme de la liberté illimitée de conscience. Examiné dans le même sens qu'il a été primitivement conçu, c'est-à-dire, comme ayant une destination critique, ce dogme n'est autre chose que la traduction d'un grand fait général, la décadence des croyances théologiques.

Résultat de cette décadence, il a, par une réaction nécessaire, puissamment contribué à l'accélérer et à la propager; mais c'est à cela que par la nature des choses, son influence a été limitée. Il est dans la ligne des progrès de l'esprit humain, tant qu'on se borne à l'envisager comme moyen de lutte contre le système théologique. Il en sort et il perd toute sa valeur aussitôt qu'on veut y voir une des bases de la grande organisation sociale, réservée à l'époque actuelle; il devient même alors aussi nuisible qu'il a été utile; car il devient un obstacle à cette réorganisation.

Son essence est, en effet, d'empêcher l'établissement uniforme d'un système quelconque d'idées générales, sans lequel néanmoins il n'y a pas de société, en proclamant la souveraineté de chaque raison individuelle. Car, à quelque degré d'instruction que parvienne jamais la masse des hommes, il est évident que la plupart des idées générales destinées à devenir usuelles ne pourront être admises par eux que de confiance, et non d'après des démonstrations. Ainsi, un tel dogme n'est applicable, par sa nature, qu'aux idées qui doivent disparaître, parce qu'alors elles deviennent indifférentes; et de fait il n'a jamais été appliqué qu'à elles, au moment où elles commençaient à déchoir, et pour hâter leur chute.

L'appliquer au nouveau système comme à l'ancien, et, à plus forte raison, y voir un principe organique, c'est tomber dans la plus étrange contradiction; et si une telle erreur pouvait être durable, la réorganisation de la société serait à tout jamais impossible.

Il n'y a point de liberté de conscience en astronomie, en physique, en chimie, en physiologie, dans ce sens que chacun trouverait absurde de ne pas croire de confiance aux principes établis dans ces sciences par les hommes compétens. S'il en est autrement en politique, c'est parce que les anciens principes étant tombés, et les nouveaux n'étant pas encore formés, il n'y a point, à proprement parler, dans cet intervalle, de principes établis. Mais convertir ce fait passager en dogme absolu et éternel, en faire une maxime fondamentale, c'est évidemment proclamer que la société doit toujours rester sans doctrines générales. On doit convenir qu'un tel dogme mérite, en effet, les reproches d'anarchie qui lui sont adressés par les défenseurs les plus capables du système théologique.

Le dogme de la souveraineté du peuple est celui qui correspond, sous le rapport temporel, au dogme qui vient d'être examiné, et dont il n'est que l'application politique. Il a été créé pour combattre le principe du droit divin, base politique générale de l'ancien système, peu de temps après que le dogme de la liberté de conscience eût été formé pour détruire les idées théologiques sur lesquelles ce principe était fondé.

Ce qui a été dit pour l'un est donc applicable à l'autre. Le dogme anti-féodal, comme le dogme anti-théologique, a accompli sa destination critique, terme naturel de sa carrière. Le premier ne peut pas plus être la base politique de la réorganisation sociale, que le second n'en peut être la base morale. Nés tous deux pour détruire, ils sont également impropres à fonder.

Si l'un, lorsqu'on veut y voir un principe organique, ne présente autre chose que l'infaillibilité individuelle substituée à l'infaillibilité papale, l'autre ne fait de même que remplacer l'arbitraire des rois par l'arbitraire des peuples, ou plutôt par celui des individus. Il tend au démembrement général du corps politique, en conduisant à placer le pouvoir dans les classes les moins civilisées, comme le premier tend à l'entier isolement des esprits, en investissant les hommes les moins éclairés d'un droit de contrôle absolu sur le système d'idées générales arrêté par les esprits supérieurs pour servir de guide à la société.

Il est aisé de transporter à chacune des idées

plus particulières, dont se compose la doctrine des peuples, l'examen qui vient d'être esquissé pour les deux dogmes fondamentaux. On trouvera toujours un résultat semblable. On verra que toutes, comme les deux principales, ne sont autre chose que l'énoncé dogmatique d'un fait historique correspondant, relatif à la décadence du système féodal et théologique. On reconnaîtra de même que toutes ont une destination purement critique, qui fait seule leur valeur, et qui les rend absolument inapplicables à la réorganisation de la société.

Ainsi, l'examen approfondi de la doctrine des peuples confirme ce que le coup-d'œil philosophique devait faire prévoir, que des machines de guerre ne sauraient, par une étrange métamorphose, devenir subitement des instrumens de fondation. Cette doctrine, purement critique dans son ensemble et dans ses détails, a eu la plus grande importance pour seconder la marche naturelle de la civilisation, tant que l'action principale a dû être la lutte contre l'ancien système. Mais conçue comme devant présider à la réorganisation sociale, elle est d'une insuffisance absolue. Elle place forcément la société dans un état d'anarchie constituée, au temporel et au spirituel.

Sans doute il était conforme à la faiblesse

humaine que les peuples commençassent par adopter comme organiques les principes critiques avec lesquels l'application continuelle les avait familiarisés. Mais la prolongation d'une telle erreur n'en est pas moins le plus grand obstacle à la réorganisation de la société.

Après avoir considéré séparément les deux manières différentes dont les peuples et les rois conçoivent cette réorganisation, si on les compare l'une à l'autre, on voit que chacune d'elles, par des vices qui lui sont propres, est également impuissante à placer la société dans une véritable direction organique, et à prévenir ainsi pour l'avenir le retour des orages dont la grande crise qui caractérise l'époque actuelle, a été jusqu'ici constamment accompagnée. Toutes deux sont anarchiques au même degré, l'une par sa nature intime, l'autre par ses conséquences nécessaires.

La seule différence qui existe entre elles à cet égard, c'est que, dans l'opinion des rois, le gouvernement se constitue à dessein en opposition directe et continue avec la société; tandis que dans l'opinion des peuples, c'est la société qui s'établit systématiquement dans un état permanent d'hostilité contre le gouvernement.

Ces deux opinions opposées et également vicieuses, tendent, par la nature des choses, à se

2

fortifier mutuellement, et, en conséquence, à alimenter indéfiniment la source des révolutions.

D'un côté, les tentatives des rois pour reconstruire le système féodal et théologique, provoquent nécessairement, de la part des peuples, l'explosion des principes de la doctrine critique dans toute leur redoutable énergie. Il est même évident que, sans ces tentatives, cette doctrine aurait déjà perdu sa plus grande activité, comme n'ayant plus d'objet, depuis que l'adhésion solennelle des rois à son principe fondamental (le dogme de la liberté de conscience) et à ses principales conséquences, a, par le fait, hautement constaté la ruine irrévocable de l'ancien système. Mais les efforts pour ressusciter le droit divin réveillent la souveraineté du peuple et lui rendent de la fraîcheur.

D'un autre côté, par cela même que l'ancien système est plus que suffisamment modifié pour permettre de travailler directement à la formation du nouveau, la prépondérance accordée encore par les peuples aux principes critiques pousse naturellement les rois à tenter d'étouffer, par le rétablissement de l'ancien système, une crise qui, telle qu'elle se présente, semble n'offrir d'autre issue que la dissolution de l'ordre social. Cette prolongation du règne de la doctrine critique, à une époque où il faut à la société une doctrine organique, est même ce qui seul donne quelque force à l'opinion des rois. Car, si cette opinion n'est pas, à l'effet, plus réellement organique que celle des peuples, à cause de l'impossibilité absolue de se réaliser, elle l'est du moins en théorie, ce qui lui donne un rapport incomplet avec les besoins de la société à laquelle il faut absolument un système quelconque.

Qu'on ajoute à ce tableau exact l'influence des diverses factions aux projets desquelles un tel état de choses présente un champ si vaste et si favorable; qu'on examine leurs efforts, pour empêcher la question de s'éclaircir, pour détourner les rois et les peuples de s'entendre et de reconnaître leurs erreurs mutuelles, on aura une juste idée de la triste situation dans laquelle se trouve aujourd'hui la société.

Toutes les considérations précédemment exposées prouvent que le moyen de sortir enfin de ce déplorable cercle vicieux, source inépuisable de révolutions, ne consiste pas dans le triomphe de l'opinion des rois, ni dans celui de l'opinion des peuples, telles qu'elles sont aujourd'hui. Il n'y en a pas d'autre que la formation et l'adoption générale par les peuples et par les rois de la doctrine organique qui peut seule faire quitter aux rois la direction rétrograde, et aux peuples la direction critique.

Cette doctrine peut seule terminer la crise, en entraînant la société toute entière dans la route du nouveau système, dont la marche de la civilisation, depuis son origine, a préparé l'établissement, et qu'elle appelle aujourd'hui à remplacer le système féodal et théologique.

Par l'adoption unanime de cette doctrine, ce que les opinions actuelles des peuples et des rois offrent de raisonnable se trouvera satisfait; ce qu'elles renferment de vicieux et de discordant sera élagué. Les justes alarmes des rois sur la dissolution de la société étant dissipées, aucun motif légitime ne les portera plus à s'opposer à l'essor de l'esprit humain. Les peuples, tournant tous leurs vœux vers la formation du nouveau système, ne s'irriteront plus contre le système féodal et théologique, et le laisseront s'éteindre paisiblement suivant le cours naturel des choses.

Après avoir constaté la nécessité de l'adoption d'une nouvelle doctrine vraiment organique, si l'on vient à examiner l'opportunité de son établissement, les considérations suivantes suffisent pour démontrer que le moment est enfin arrivé de commencer immédiatement cette grande opération.

En observant avec précision l'état actuel des nations les plus avancées , il est impossible de n'être point frappé de ce fait singulier et presque contradictoire : quoiqu'il n'existe encore d'autres idées politiques que celles qui se rapportent à la doctrine rétrograde ou à la doctrine critique, aucune des deux, cependant, ne possède plus aujourd'hui, soit chez les rois, soit chez les peuples, une prépondérance véritable ; aucune n'exerce une action assez puissante pour diriger la société. Ces deux doctrines qui, sous le rapport théorique, s'alimentent mutuellement, ainsi que nous l'avons établi ci-dessus, ne sont plus néanmoins réellement employées qu'à se limiter ou plutôt à s'annuller l'une l'autre dans la conduite générale des affaires.

Le grand mouvement politique déterminé depuis trente ans par la mise en activité des idées critiques, leur a fait perdre leur principale influence. D'une part, en portant le dernier coup à l'ancien système, il a fermé leur carrière naturelle ; il a détruit presque entièrement le motif général qui leur avait acquis la faveur populaire. D'une autre part, l'application des opinions nouvelles à la réorganisation de la société, a mis dans une parfaite évidence leur caractère anarchique. Depuis cette expérience décisive, il n'y a plus dans les peuples de vé-

ritable passion critique. Par suite, et quelles
que soient les apparences, il ne peut plus y
avoir de véritable passion rétrograde dans les
rois; puisque la décadence du système féodal et
théologique et la nécessité d'en sortir sont po-
sitivement reconnues par eux.

L'activité réelle, soit dans l'une, soit dans
l'autre direction, se trouve maintenant être à la
fois en dehors du pouvoir et en dehors de la
société. Tous deux se servent, dans la pratique, de l'opinion rétrograde, ou de l'opinion
critique, d'une manière essentiellement passive,
c'est-à-dire, comme appareil défensif. Chacun
d'eux même emploie, tour à tour, l'une et
l'autre, et presque au même degré, avec cette
seule différence naturelle que, comme moyen
de raisonnement, les peuples restent encore
attachés à la doctrine critique, parce qu'ils
éprouvent plus complètement le besoin d'aban-
donner l'ancien système; et les rois à la doctrine rétrograde, parce qu'ils sentent plus profondément la nécessité d'un ordre social quelconque.

Cette observation peut être aisément vérifiée
et éclaircie par le seul fait de l'existence et du
crédit d'une sorte d'opinion bâtarde, qui n'est
qu'un mélange des idées rétrogrades et des idées
critiques. Il est évident que cette opinion, sans

aucune influence à l'origine de la crise, est devenue aujourd'hui dominante; tant parmi les gouvernés que parmi les gouvernans. Les deux partis actifs reconnaissent son empire de la manière la moins équivoque, par la stricte obligation où ils sont maintenant l'un et l'autre d'adopter son langage.

Le succès d'une telle opinion constate clairement deux faits très-essentiels à la connaissance exacte de l'époque actuelle. Il prouve d'abord, que l'insuffisance de la doctrine critique pour correspondre aux grands besoins actuels de la société, est aussi profondément et aussi universellement sentie, que l'incompatibilité du système théologique et féodal avec l'état présent de la civilisation. En second lieu, il garantit que ni l'opinion critique, ni l'opinion rétrograde, ne peuvent plus obtenir d'ascendant réel. Car, lorsque l'une d'elles paraît sur le point d'acquérir la prépondérance, la disposition générale des esprits devient aussitôt favorable à l'autre; jusqu'à ce que celle-ci, trompée par cette approbation apparente, ait repris assez d'activité pour donner lieu aux mêmes alarmes, et, par suite, éprouver, à son tour, le même désappointement (1). Ces oscillations succes-

_____

(1) Le mérite de l'opinion intermédiaire, ou plutôt con-

sives s'effectuent tantôt dans un sens, tantôt
dans l'autre, suivant que la marche naturelle

tradictoire, consiste précisément à servir d'organe à cette
disposition. Il est, du reste, évident que, par sa nature,
elle est frappée de nullité organique, puisqu'elle n'a rien
qui lui soit propre, et qu'elle ne se compose que de ma-
ximes opposées, qui s'annullent réciproquement. Elle ne
peut aboutir, comme l'expérience l'a déjà suffisamment
confirmé, qu'à faire osciller la marche des affaires entre
la tendance critique et la tendance rétrograde, sans lui imprimer jamais aucun caractère déterminé. Cette conduite
indécise est certainement indispensable dans la situation
politique actuelle, et jusqu'à l'établissement d'une doctrine
vraiment organique, pour prévenir les violents désordres
auxquels la société serait exposée par la prépondérance du
parti rétrograde ou du parti critique. En ce sens, tous les
hommes sensés doivent s'empresser de la seconder. Mais si
une telle politique rend moins orageuse l'époque révolutionnaire, il n'est pas moins incontestable qu'elle tend
directement à en prolonger la durée. Car, une opinion
qui érige l'inconséquence en système, et qui conduit à
empêcher soigneusement l'extinction totale des deux doctrines extrêmes, afin de pouvoir toujours les opposer l'une
à l'autre, met nécessairement obstacle à ce que le corps
social parvienne jamais à un état fixe. En un mot, cette
politique est raisonnable et utile aujourdhui, en tant que
simplement provisoire; mais elle devient absurde et dange-
gereuse si on veut la regarder comme définitive.

Tels sont les motifs pour lesquels nous n'avons fait ci-
dessus aucune mention de cette manière de voir dans l'examen des opinions existantes sur la réorganisation sociale.

des événemens manifeste spécialement, ou l'absurdité de l'ancien système, ou le danger de l'anarchie. Tel est, en ce moment, le mécanisme de la politique pratique, et tel il sera inévitablement tant que les idées ne seront pas fixées sur la manière de réorganiser la société; tant qu'il n'aura pas été produit une opinion capable de remplir à la fois ces deux grandes conditions que prescrit notre époque, et qui, jusqu'à présent, ont paru contradictoires, l'abandon de l'ancien système, et l'établissement d'un ordre régulier et stable.

Cette annullation réciproque des deux doctrines opposées, sensible même dans les opinions, est surtout incontestable dans les actes. Qu'on examine, en effet, tous les événemens de quelque importance, qui se sont développés depuis dix ans, soit avec la tendance critique, soit avec la tendance rétrograde, on trouvera que jamais ils n'ont fait faire aucun progrès réel au système correspondant, et que le résultat en a toujours été uniquement d'empêcher la prépondérance du système opposé.

Ainsi, en résumé, non-seulement ni l'opinion des rois, ni l'opinion des peuples ne peuvent aucunement satisfaire le besoin fondamental de réorganisation qui caractérise l'époque actuelle: ce qui établit la nécessité d'une nou-

velle doctrine générale; mais le triomphe de
l'une et de l'autre opinion est aujourd'hui également impossible; et même ni l'une ni l'autre
ne peuvent plus avoir de véritable activité : d'où
il résulte que les esprits sont suffisamment pré-
parés pour recevoir la doctrine organique.

La destination de la société parvenue à sa maturité, n'est point d'habiter à tout jamais la
vieille et chétive masure qu'elle bâtit dans son
enfance, comme le pensent les rois; ni de vivre
éternellement sans abri après l'avoir quittée,
comme le pensent les peuples; mais, à l'aide de
l'expérience qu'elle a acquise, de se construire,
avec tous les matériaux qu'elle a amassés, l'édi-
fice le mieux approprié à ses besoins et à ses
jouissances. Telle est la grande et noble entreprise réservée à la génération actuelle.

EXPOSÉ GÉNÉRAL.

L'esprit dans lequel la réorganisation de la société a été conçue jusqu'à présent par les peuples et par les rois étant démontré vicieux, on doit nécessairement en conclure que les uns et les autres ont mal procédé à la formation du plan de réorganisation; c'est la seule explication possible d'un fait semblable; mais il importe d'établir cette assertion d'une manière directe, spéciale et précise.

L'insuffisance de l'opinion des rois et de celle des peuples a prouvé le besoin d'une nouvelle doctrine vraiment organique, seule capable de terminer la crise terrible qui tourmente la société. De même, l'examen de la manière de procéder qui a conduit, de part et d'autre, à ces résultats imparfaits, montrera quelle marche doit être adoptée pour la formation et pour l'établissement de la nouvelle doctrine, quelles sont les forces sociales appelées à diriger ce grand travail.

Le vice général de la marche suivie par les peuples et par les rois, dans la recherche du plan de réorganisation, consiste en ce que les uns et les autres se sont fait jusqu'ici une idée extrêmement fausse de la nature d'un tel travail, et,

par suite, ont confié cette importante mission
à des hommes nécessairement incompétents.
Telle est la cause première des aberrations fondamentales constatées dans le chapitre précédent.

Quoique cette cause soit tout aussi réelle pour
les rois que pour les peuples, il est inutile néanmoins de la considérer spécialement par rapport aux premiers; car, les rois n'ayant rien
inventé, et s'étant bornés à reproduire pour le
nouvel état social la doctrine de l'ancien, leur
impuissance à concevoir une véritable réorganisation a été par cela seul suffisamment constatée. D'un autre côté, par le même motif, leur
marche, quoiqu'aussi absurde dans son principe que celle des peuples, a dû naturellement
être plus méthodique, comme étant toute tracée
d'avance dans le plus grand détail. Les peuples
seuls ayant produit une sorte de doctrine nouvelle, c'est leur manière de procéder qu'il faut
principalement examiner, afin d'y découvrir la
source des vices de cette doctrine. Il sera d'ailleurs facile à chacun de transporter ensuite aux
rois, avec les modifications convenables, les
observations générales faites à l'égard des peuples.

La multiplicité des prétendues constitutions
enfantées par les peuples depuis le commencement de la crise, et l'excessive minutie de ré-

daction qui se rencontre plus ou moins dans toutes, suffiraient seules pour montrer avec une pleine évidence à tout esprit capable d'en juger, combien la nature et la difficulté de la formation d'un plan de réorganisation ont été méconnues jusqu'à présent. Ce sera un profond sujet d'étonnement pour nos neveux, lorsque la société sera vraiment réorganisée, que la production, dans un intervalle de trente ans, de dix constitutions, toujours proclamées, l'une après l'autre, éternelles et irrévocables, et dont plusieurs contiennent plus de deux cents articles très-détaillés, sans compter les lois organiques qui s'y rattachent. Un tel verbiage serait la honte de l'esprit humain en politique, si, dans le progrès naturel des idées, il n'était pas une transition inévitable vers la vraie doctrine finale.

Ce n'est point ainsi que marche ni que peut marcher la société. La prétention de construire, d'un seul jet, en quelques mois, ou même en quelques années, toute l'économie d'un système social dans son développement intégral et définitif, est une chimère extravagante absolument incompatible avec la faiblesse de l'esprit humain.

Qu'on observe, en effet, la manière dont il procède dans des cas analogues, mais infiniment plus simples. Quand une science quelconque se reconstitue d'après une théorie nouvelle, déjà suffisamment préparée, le principe général se produit, se discute et s'établit d'abord; c'est ensuite par un long enchaînement de travaux qu'on parvient à former, pour toutes les parties de la science, une coordination que personne, à l'origine, n'aurait été en état de concevoir, pas même l'inventeur du principe. C'est ainsi, par exemple, qu'après que Newton a eu découvert la loi de la gravitation universelle, il a fallu près d'un siècle de travaux très-difficiles, de la part de tous les géomètres de l'Europe, pour donner à l'astronomie physique la constitution qui devait résulter de cette loi. Dans les arts, il en est de même. Pour n'en citer qu'un seul exemple, lorsque la force élastique de la vapeur d'eau a été conçue comme un nouveau moteur applicable aux machines, il a fallu également ment près d'un siècle pour développer la série de réformes industrielles, qui étaient les conséquences les plus directes de cette découverte. Si telle est évidemment la marche nécessaire et invariable de l'esprit humain dans des révolutions, qui, malgré leur importance et leur difficulté, ne sont cependant que particulières, combien doit paraître frivole la marche présomptueuse qui a été suivie jusqu'à présent dans la révolution la plus générale, la plus importante et la plus difficile de toutes : celle qui a pour objet la refonte complète du système social !

De ces comparaisons indirectes, mais décisives, qu'on passe aux comparaisons directes, le résultat sera le même. Qu'on étudie la fondation du système féodal et théologique, révolution absolument de même nature que celle de l'époque actuelle. Bien loin que la constitution de ce système ait été produite d'un seul jet, elle n'a pris sa forme propre et définitive qu'au onzième siècle, c'est-à-dire, plus de cinq siècles après le triomphe général de la doctrine chrétienne dans l'Europe occidentale, et l'établissement complet des peuples du Nord dans l'empire d'Occident. Il serait impossible de concevoir qu'aucun homme de génie, au cinquième siècle, eût été en état de tracer d'une manière un peu détaillée le plan de cette constitution ; quoique le principe fondamental, dont elle n'a été que le développement nécessaire, fût dès-lors solidement établi, tant sous le rapport temporel, que sous le rapport spirituel. Sans doute, à cause du progrès des lumières et de l'essence plus naturelle et plus simple du système à établir aujourd'hui, l'organisation totale de ce système doit se faire avec beaucoup plus de rapidité. Mais, comme la marche de la société est nécessairement toujours la même au fond, avec plus ou moins de vitesse, parce qu'elle tient à la nature permanente de la constitution humaine, cette grande expérience n'en prouve pas moins qu'il est absurde de vouloir improviser, jusque dans le plus mince détail, le plan total de la réorganisation sociale.

Si cette conclusion avait besoin d'être confirmée, elle le serait en observant la manière dont s'est elle-même établie la doctrine critique adoptée par les peuples. Cette doctrine n'est évidemment que le développement général et l'application complète du droit individuel d'examen posé en principe par le protestantisme. Or, il a fallu près de deux siècles, après l'établissement de ce principe, pour que toutes les conséquences importantes en aient été déduites, et que la théorie se soit formée. Il est incontestable que la résistance du système féodal et théologique a beaucoup influé sur la lenteur de cette marche; mais il n'est pas moins évident qu'elle n'a pu en être la seule cause, et que cette lenteur a tenu, en grande partie, à la nature même du travail. Or, ce qui est vrai d'une doctrine purement critique, doit l'être, à bien plus forte raison, de la doctrine réellement organique.

Il faut donc conclure de cette première classe

de considérations que les peuples n'ont pas compris jusqu'à présent le grand travail de la réorganisation sociale.

En cherchant à préciser en quoi la nature de ce travail a été méconnue, on trouve que c'est pour avoir regardé comme purement pratique une entreprise essentiellement théorique.

La formation d'un plan quelconque d'organisation sociale se compose nécessairement de deux séries de travaux, totalement distinctes par leur objet, ainsi que par le genre de capacité qu'elles exigent. L'une, théorique ou spirituelle, a pour but le développement de l'idée-mère du plan, c'est-à-dire, du nouveau principe suivant lequel les relations sociales doivent être coordonnées, et la formation du système d'idées générales, destiné à servir de guide à la société. L'autre, pratique ou temporelle, détermine le mode de répartition du pouvoir et l'ensemble d'institutions administratives les plus conformes à l'esprit du système, tel qu'il a été arrêté par les travaux théoriques. La seconde série étant fondée sur la première, dont elle n'est que la conséquence et la réalisation, c'est par celle-ci que, de toute nécessité, le travail général doit commencer. Elle en est l'âme, la partie la plus importante et la plus difficile, quoique seulement préliminaire.

C'est pour n'avoir pas adopté cette division fondamentale, ou, en d'autres termes, pour avoir exclusivement fixé leur attention sur la partie pratique, que les peuples ont été naturellement conduits à concevoir la réorganisation sociale d'après la doctrine vicieuse examinée dans le chapitre précédent. Toutes leurs erreurs sont la conséquence de cette grande déviation primitive. On peut aisément établir cette filiation.

En premier lieu, il est résulté de cette infraction à la loi naturelle de l'esprit humain, que les peuples, tout en croyant construire un nouveau système social, sont restés enfermés dans l'ancien système. Cela était inévitable, puisque le but et l'esprit du nouveau système n'étaient pas déterminés. Il en sera toujours ainsi jusqu'à ce que cette condition indispensable ait été préalablement remplie.

Un système quelconque de société, qu'il soit fait pour une poignée d'hommes ou pour plusieurs millions, a pour objet définitif de diriger vers un but général d'activité toutes les forces particulières. Car, il n'y a *société* que là où s'exerce une action générale et combinée. Dans toute autre hypothèse, il y a seulement agglomération d'un certain nombre d'individus sur un même sol. C'est là ce qui distingue la société humaine de celle des autres animaux qui vivent en troupes.

Il suit de cette considération, que la détermination nette et précise du but d'activité est la première condition et la plus importante d'un véritable ordre social, puisqu'elle fixe le sens dans lequel tout le système doit être conçu.

D'un autre côté, il n'y a que deux buts d'activité possibles pour une société, quelque nombreuse qu'elle soit, comme pour un individu isolé. Ce sont l'action violente sur le reste de l'espèce humaine, ou la conquête, et l'action sur la nature pour la modifier à l'avantage de l'homme, cu la production. Toute société qui ne serait pas nettement organisée pour l'un ou pour l'autre de ces buts, ne serait qu'une association bâtarde et sans caractère. Le but militaire était celui de l'ancien système, le but industriel est celui du nouveau.

Le premier pas à faire dans la réorganisation sociale était donc la proclamation de ce nouveau but. Faute de l'avoir fait, on n'est point encore sorti de l'ancien système, lors même qu'on a cru s'en écarter le plus. Or, il est clair que cette étrange lacune de nos prétendues constitutions, a tenu à ce qu'on a voulu organiser en détail, avant que l'ensemble du système eût été conçu. En d'autres termes, elle est résultée de ce qu'on s'est porté exclusivement vers la partie réglementaire de la réorganisation, sans que la partie théorique eût été arrêtée, et sans qu'on eût même pensé à l'établir.

Par une conséquence nécessaire de cette erreur première, on a pris pour un changement total de l'ancien système de pures modifications. Le fond est essentiellement resté intact; toutes les altérations n'ont porté que sur la forme. On s'est uniquement occupé de fractionner les anciens pouvoirs, et d'en opposer entre elles les différentes branches. Les discussions dirigées vers cet objet ont été regardées et le sont encore comme le sublime de la politique, dont elles ne forment qu'un détail très-subalterne. La direction de la société, la nature des pouvoirs, ont été conçues comme toujours les mêmes.

Il est, en outre, essentiel de remarquer que les discussions sur la division des pouvoirs, les seules dont on se soit occupé, ont été, par une autre conséquence de la déviation primitive, aussi superficielles que possible. Car, on a perdu de vue la grande division en pouvoir spirituel et pouvoir temporel, le principal perfectionnement que l'ancien système ait introduit dans la politique générale. L'attention s'étant dirigée toute entière vers la partie pratique de la réorganisation sociale, on a été naturellement conduit à cette monstruosité d'une constitution sans pouvoir spirituel, qui, si elle pouvait être durable, serait une véritable et immense rétrogradation vers la barbarie. Tout n'a porté que sur le temporel. On n'a vu que la division en pouvoir législatif et pouvoir exécutif, qui n'est évidemment qu'une sous-division.

C'est pour diriger leur esprit dans les modifications du système féodal et théologique, que les peuples ont été nécessairement entraînés à concevoir comme organiques les principes critiques qui avaient servi à lutter contre l'ancien système, depuis l'époque où sa décadence était devenue sensible, et qui, par cela même, étaient destinés à le modifier. Il ne faut pas négliger d'observer à ce sujet, que, tout en méconnaissant dans le travail général de la réorganisation, la division en série théorique et série pratique, les peuples ont involontairement constaté la nécessité de cette loi dictée par l'impérieuse nature des choses, en y obéissant eux-mêmes dans leurs entreprises de modification de l'ancien système.

Tel est l'enchaînement rigoureux de conséquences, dérivé de l'erreur fondamentale, d'avoir considéré comme purement pratique l'œuvre essentiellement théorique de la réorganisation sociale. C'est ainsi que les peuples en sont

venus graduellement à envisager comme un véritable système social nouveau , produit de la
civilisation perfectionnée, ce qui n'est que l'ancien système dépouillé par la doctrine critique
de tout ce qui constituait sa vigueur , et réduit
au misérable état d'un squelette décharné. Telle
est la véritable génération des erreurs capitales
signalées dans le chapitre précédent.

Comme le besoin d'une vraie réorganisation
se fait toujours sentir, ce qui aura lieu inévitablement jusqu'à ce qu'il ait été satisfait, les esprits des peuples s'agitent, ils s'épuisent à chercher de nouvelles combinaisons. Mais retenus
par une destinée inflexible dans le cercle étroit
où leur marche vicieuse les a primitivement
placés, et dont la civilisation les pousse vainement à sortir, c'est dans de nouvelles modifications de l'ancien système, c'est-à-dire, dans des
applications encore plus entières de la doctrine
critique , qu'ils croient trouver le terme de leurs
efforts. Ainsi , de modification en modification,
c'est-à-dire, en détruisant de plus en plus le
système féodal et théologique , sans jamais le
remplacer, les peuples marchent à grands pas
vers une complète anarchie , seule issue naturelle d'une route semblable.

Une telle conclusion prouve évidemment la
nécessité urgente et inévitable d'adopter pour

le grand travail de la réorganisation sociale la
marche si clairement dictée par la nature de
l'esprit humain. C'est le seul moyen d'échapper
aux désastreuses conséquences dont les peuples
sont menacés pour avoir suivi une marche différente.

Comme cette assertion est fondamentale,
puisqu'elle détermine la véritable direction des
grands travaux politiques qui doivent être entrepris aujourd'hui, on ne saurait l'environner
de trop de lumière. Il est donc utile de rappeler
sommairement les considérations philosophiques
directes sur lesquelles elle est fondée, quoiqu'on
pût la regarder comme suffisamment démontrée
par l'examen qui vient d'être esquissé de la
marche vicieuse suivie jusqu'à présent par les
peuples.

Il est peu honorable pour la raison humaine
qu'on soit obligé de prouver méthodiquement,
quant à l'entreprise la plus générale et la plus
difficile, la nécessité d'une division qui est
aujourd'hui universellement reconnue comme
indispensable dans les cas les moins compliqués. On admet comme une vérité élémentaire,
que l'exploitation d'une manufacture quelconque, la construction d'une route, d'un pont,
la navigation d'un vaisseau, etc., doivent être
dirigées par des connaissances théoriques préliminaires, et on veut que la réorganisation de

la société soit une affaire de pure pratique à confier à des routiniers!

Toute opération humaine complète, depuis la plus simple jusqu'à la plus compliquée, exécutée par un seul individu ou par un nombre quelconque, se compose inévitablement de deux parties, ou, en d'autres termes, donne lieu à deux sortes de considérations, l'une théorique, l'autre pratique : l'une de conception, l'autre d'exécution. La première, de toute nécessité, précède la seconde, qu'elle est destinée à diriger. En d'autres termes, il n'y a jamais d'action sans spéculation préliminaire. Dans l'opération qui semble la plus purement routinière, cette analyse peut être observée; il n'y a de différence qu'en ce que la théorie est bien ou mal conçue. L'homme qui prétend, sur quelque point que ce soit, ne pas laisser diriger son esprit par des théories, se borne, comme on sait, à ne pas admettre les progrès théoriques faits par ses contemporains, en conservant des théories devenues surannées long-temps après qu'elles ont été remplacées. Ainsi, par exemple, ceux qui affectent fièrement de ne pas croire à la médecine, se livrent d'ordinaire, avec une stupide avidité, au charlatanisme le plus grossier.

Dans la première enfance de l'esprit humain, les travaux théoriques et les travaux pratiques sont exécutés par le même individu pour toutes les opérations; ce qui n'empêche pas que, même alors, leur distinction, quoique moins saillante, ne soit très-réelle. Bientôt ces deux ordres de travaux commencent à se séparer, comme exigeant des capacités et des cultures différentes, et, en quelque sorte, opposées. A mesure que l'intelligence collective et individuelle de l'espèce humaine se développe, cette division se prononce et se généralise toujours davantage, et elle devient la source de nouveaux progrès. On peut vraiment mesurer, sous le rapport philosophique, le degré de civilisation d'un peuple par le degré auquel la division de la théorie et de la pratique se trouve poussée, combiné avec le degré d'harmonie qui existe entre elles. Car, le grand moyen de civilisation est la séparation des travaux et la combinaison des efforts.

Par l'établissement définitif du christianisme, la division de la théorie et de la pratique fut constituée d'une manière régulière et complète pour les actes généraux de la société, comme elle l'était déjà pour toutes les opérations particulières. Elle fut vivifiée et consolidée par la création d'un pouvoir spirituel, distinct et indépendant du pouvoir temporel, et qui avait avec lui les rapports naturels d'une autorité théorique à une autorité pratique, modifiés d'après le ca-

ractère spécial de l'ancien système. Cette grande
et belle conception a été la cause principale de
la vigueur et de la consistance admirables qui
distinguèrent le système féodal et théologique
dans ses temps de splendeur. La chute inévitable de ce système a fait momentanément perdre de vue cette importante division. La philosophie superficielle et critique du siècle dernier en a méconnu la valeur. Mais il est évident qu'elle doit être précieusement conservée,
avec toutes les autres conquêtes que l'esprit humain a faites sous l'influence de l'ancien système, et qui ne sauraient périr avec lui. Elle
doit figurer en première ligne entre des pouvoirs
spirituel et temporel d'une autre nature, dans
le système à établir aujourd'hui. Sans doute,
la société ne saurait être moins complètement
organisée au dix-neuvième siècle qu'elle ne
l'était au onzième (1).

S'il faut reconnaître la nécessité de la division en travaux théoriques et travaux pratiques
pour les opérations politiques journalières et
communes, à combien plus forte raison cette
division, principalement motivée sur la faiblesse
de l'esprit humain, n'est-elle pas indispensa-

---

(1) Cette grande question de la division du pouvoir
spirituel et du pouvoir temporel sera plus tard l'objet d'un
travail spécial.

ble dans la vaste opération de la réorganisation totale de la société? C'est la première condition pour traiter cette grande question de la seule manière proportionnée à son importance.

Ce qu'indique l'observation philosophique est confirmé par l'expérience directe. Aucune innovation importante n'a jamais été introduite dans l'ordre social, sans que les travaux relatifs à sa conception n'aient précédé ceux dont l'objet immédiat était sa mise en action, et ne leur aient servi tout à la fois de guide et d'appui. L'histoire présente à cet égard deux expériences décisives.

La première se rapporte à la formation du système théologique et féodal, événement qui doit être aujourd'hui pour nous une source inépuisable d'instruction. L'ensemble d'institutions par lequel ce système s'est constitué complètement au onzième siècle, avait été évidemment préparé par les travaux théoriques faits dans les siècles précédents sur l'esprit de ce système, et qui datent de l'élaboration du christianisme par l'école d'Alexandrie. L'établissement du pouvoir pontifical, comme autorité européenne suprême, était la suite nécessaire de ce développement antérieur de la doctrine chrétienne. L'institution générale de la féodalité, fondée sur la réciprocité d'obéissance à protection du faible

au fort, n'était également que l'application de
cette doctrine au réglement des relations sociales dans l'état de civilisation d'alors. Qui ne voit
que l'une et l'autre fondation n'auraient pu
avoir lieu sans le développement préliminaire
de la théorie chrétienne ?

La seconde expérience, encore plus palpable
parce qu'elle est presque sous nos yeux, porte
sur la marche même des modifications apportées par les peuples à l'ancien système depuis
le commencement de la crise actuelle. Il est
clair qu'elles ont été entièrement fondées sur
le développement et l'arrangement systémati-
ques donnés par la philosophie du dix-huitième
siècle aux principes critiques. Ces travaux, quoique d'un genre de théorie subalterne, en tant
que critiques, avaient si bien le caractère théorique, ils étaient si distincts des travaux pratiques subséquents, que pas un des hommes qui
y ont concouru ne se figurait d'une manière un
peu nette et étendue les modifications qu'ils
devaient produire dans la génération suivante.
Cette réflexion doit avoir frappé quiconque a
comparé attentivement leurs ouvrages avec les
modifications pratiques qui leur ont succédé ;
et néanmoins que, dans les écrits et dans les
discours des hommes les plus capables parmi
ceux qui ont conduit les travaux de nos préten-

dues constitutions, l'on essaie de supprimer les idées empruntées directement aux philosophes du dix-huitième siècle, on verra ce qu'il y restera.

En examinant sous le point de vue historique la question qui nous occupe, elle peut être aisément décidée par les considérations suivantes que nous nous bornerons à indiquer ici, devant les développer dans la seconde partie de ce volume.

La société est aujourd'hui désorganisée, et sous le rapport spirituel et sous le rapport temporel. L'anarchie spirituelle a précédé et engendré l'anarchie temporelle. Aujourd'hui même le malaise social dépend beaucoup plus de la première cause que de la seconde. D'un autre côté, l'étude attentive de la marche de la civilisation prouve que la réorganisation spirituelle de la société est maintenant plus préparée que sa réorganisation temporelle. Ainsi, la première série d'efforts directs pour terminer l'époque révolutionnaire, doit avoir pour objet de réorganiser le pouvoir spirituel; tandis que, jusqu'à présent, l'attention ne s'est jamais fixée que sur la refonte du pouvoir temporel.

Il faut évidemment conclure, de toutes les considérations précédentes, l'absolue nécessité de séparer les travaux théoriques de la réorganisation sociale prescrite à l'époque actuelle, d'avec les travaux pratiques; c'est-à-dire, de concevoir et d'exécuter ceux qui se rapportent à l'esprit du nouvel ordre social, au système d'idées générales qui doit lui correspondre, isolément de ceux qui ont pour objet le système de relations sociales et le mode administratif qui doivent en résulter. Il ne peut être fait rien d'essentiel et de solide, quant à la partie pratique, tant que la partie théorique n'est pas établie, ou, du moins, très-avancée. Procéder autrement, ce serait construire sans bases, faire passer la forme avant le fonds; ce serait, en un mot, prolonger l'erreur fondamentale commise par les peuples, qui vient d'être présentée comme la source première de toutes leurs aberrations, l'obstacle qu'il faut détruire avant tout pour que leur vœu de voir la société réorganisée d'une manière proportionnée à l'état présent des lumières puisse être enfin réalisé.

Ayant établi la nature des travaux préliminaires qui doivent être exécutés pour que l'organisation du nouveau système social soit fondée sur des bases solides, il est facile de déterminer quelles sont les forces sociales destinées à remplir cette importante mission. C'est ce qui reste à préciser, avant d'exposer le plan des travaux à effectuer.

Puisqu'il est maintenant démontré que la manière dont les peuples ont procédé jusqu'ici à la formation du plan de réorganisation, est radicalement vicieuse, il serait sans doute superflu d'insister beaucoup pour faire sentir que les hommes auxquels ce grand travail a été confié, étaient absolument incompétents. Il est clair, en effet, que l'un est la conséquence inévitable de l'autre. Les peuples ayant méconnu la nature du travail, ils ne pouvaient point ne pas se tromper dans le choix des hommes appelés à l'exécuter. Par cela même que ces hommes ont été propres à ce travail, tel que les peuples le concevaient, ils ne peuvent pas être capables de le diriger à la manière dont il doit être conçu. L'incapacité de ces mandataires, ou plutôt leur incompétence, a donc été ce qu'elle devait être; car, nul n'est propre à deux choses absolûment opposées.

C'est principalement la classe des légistes qui a fourni les hommes appelés à diriger les travaux des prétendues constitutions établies par les peuples depuis trente ans. La nature des choses les a investis nécessairement de cette fonction, à la manière dont elle a été conçue jusqu'ici.

En effet, comme il ne s'est agi jusqu'à présent pour les peuples que de modifier l'ancien système, et que les principes critiques destinés à di

riger ces modifications étaient pleinement établis, l'éloquence a dû être la faculté spécialement
mise en jeu dans ce travail, et c'est surtout par
les légistes que cette faculté est habituellement
cultivée. Quoiqu'elle ne soit que subalterne,
puisqu'elle se propose uniquement de faire
triompher telle opinion donnée sans participer
à sa formation et à son examen, elle est par cela
même éminemment propre à la propagation.
Ce ne sont pas les légistes qui ont combiné les
principes de la doctrine critique, ce sont les
métaphysiciens qui, du reste, forment, sous
le rapport spirituel, la classe correspondante à
celle des légistes sous le rapport temporel. Mais
c'est par les légistes que ces principes ont été
répandus. C'est par eux que la scène politique a
été principalement occupée pendant toute la
durée de la lutte immédiate contre le système
féodal et théologique. C'était donc à eux que devait échoir naturellement la direction des modifications à introduire dans ce système d'après la
doctrine critique, qu'eux seuls étaient bien ha-
bitués à manier.

Il ne saurait évidemment en être de même
pour les travaux vraiment organiques dont la
nécessité vient d'être démontrée. Ce n'est plus
l'éloquence, c'est-à-dire, la faculté de persuasion, qui doit être spécialement en activité, c'est

le raisonnement, c'est-à-dire, la faculté d'examen et de coordination. Par cela même que les légistes sont généralement les hommes les plus capables sous le premier rapport, ils sont les plus incapables sous le second. Faisant profession de chercher des moyens pour persuader une opinion quelconque, plus ils acquièrent, par l'exercice, d'habileté dans ce genre de travail, plus ils deviennent impropres à coordonner une théorie d'après ses véritables principes.

Ce n'est donc point d'une vaine question d'amour-propre qu'il s'agit ici; tout se réduit au rapport nécessaire et exclusif qui existe entre chaque espèce de capacité et chaque nature de travail. Les légistes ont dirigé la formation du plan de réorganisation quand elle était conçue dans un esprit absolument vicieux. Ils ont fait ce qu'ils devaient faire. Appelés pour modifier, pour critiquer, ils ont modifié, critiqué. Il serait injuste de leur reprocher les défauts d'une direction qu'ils n'ont pas choisie, et qu'il ne leur appartient pas de rectifier. Leur influence a été utile et même indispensable, tant que cette direction l'a elle-même été. Mais il faut, en même temps, reconnaître que cette influence doit cesser quand une direction toute opposée doit prévaloir. Il est sans doute très-absurde de préten-

dre opérer la réorganisation de la société , en
la concevant comme une affaire purement pratique , et sans qu'aucun des travaux théoriques
nécessaires soit préalablement exécuté. Mais une
absurdité plus grande encore, ce serait la singulière espérance de voir effectuer une vraie réorganisation par une assemblée d'orateurs, étran-
gers à toute idée théorique positive , et choisis,
sans aucune condition déterminée de capacité ,
par des hommes qui, pour la plupart, sont encore plus incompétents (1).

---

(1) Nous sommes très éloignés de conclure, des considérations précédentes, que la classe des légistes ne doive plus
avoir aujourd'hui d'activité politique. Nous avons seulement voulu établir que son action doit changer de caractère.

D'après les raisonnemens que nous venons d'exposer,
l'état présent de la société exige que la suprême direction
des esprits cesse d'appartenir aux légistes ; mais ils n'en sont
pas moins appelés par leur nature , à seconder, sous des rapports très-importants, la nouvelle direction générale qui sera
imprimée par d'autres. D'abord , à raison de leurs moyens de
persuasion, et de l'habitude qu'ils ont encore, plus qu'aucune
autre classe, de se placer aux points de vue politiques, ils
doivent concourir puissamment à l'adoption de la doctrine
organique. En second lieu, les légistes, et surtout ceux
d'entre eux qui ont fait une étude approfondie du droit positif, possèdent exclusivement la capacité réglementaire,

La nature des travaux à exécuter indique d'elle-même, le plus clairement possible, à quelle classe il appartient de les entreprendre. Ces travaux étant théoriques, il est clair que les hommes qui font profession de former des combinaisons théoriques suivies méthodiquement, c'est-à-dire, les savans occupés de l'étude des sciences d'observation, sont les seuls dont le genre de capacité et de culture intellectuelle remplissent les conditions nécessaires. Il serait évidemment monstrueux que lorsque le besoin le plus urgent de la société donne lieu à un travail général du premier ordre d'importance et de difficulté, ce travail ne fût pas dirigé par les plus grandes forces intellectuelles existantes; par celles dont la manière de procéder est universellement reconnue pour la meilleure. Sans doute il se trouve dans les autres portions de la société des hommes d'une capacité théorique égale et même supérieure à celle du plus grand nombre des savans, car la classification réelle des individus est loin d'être conforme en tout à la clas-

qui est une des grandes capacités nécessaires à la formation du nouveau système social, et qui sera mise en jeu aussitôt que la partie purement spirituelle du travail général de réorganisation sera terminée, ou même suffisamment avancée.

sification naturelle ou physiologique. Mais dans un travail aussi essentiel, ce sont les classes qu'il faut considérer, et non les individus. D'ailleurs, pour ceux-ci même, l'éducation, c'est-à-dire, le système d'habitudes intellectuelles, qui résulte de l'étude des sciences d'observation, est la seule qui puisse développer d'une manière convenable leur capacité théorique naturelle. En un mot, toutes les fois que, dans une direction particulière quelconque, la société a besoin de travaux théoriques, il est reconnu que c'est à la classe de savans correspondante qu'elle doit s'adresser : c'est donc l'ensemble du corps scientifique qui est appelé à diriger les travaux théoriques généraux dont la nécessité vient d'être constatée (1).

---

(1) Nous comprenons ici au nombre des savans, conformément à l'usage ordinaire, les hommes qui, sans consacrer leur vie à la culture spéciale d'aucune science d'observation, possèdent la capacité scientifique, et ont fait de l'ensemble des connaissances positives une étude assez approfondie pour s'être pénétrés de leur esprit, et s'être familiarisés avec les principales lois des phénomènes naturels.

C'est, sans doute, à cette classe de savans, trop peu nombreuse encore, qu'est réservée l'activité essentielle dans la formation de la nouvelle doctrine sociale. Les autres savans sont trop absorbés par leurs occupations particulières,

Du reste, la nature des choses, convenablement interrogée, prévient à cet égard toute divagation; car elle interdit absolument la liberté du choix, en montrant, sous plusieurs points de vue distincts, la classe des savans comme la seule propre à exécuter le travail théorique de la réorganisation sociale.

Dans le système à constituer, le pouvoir spirituel sera entre les mains des savans, et le pouvoir temporel appartiendra aux chefs des tra-

---

et même trop affectés encore de certaines habitudes intellectuelles vicieuses, qui résultent aujourd'hui de cette spécialité, pour qu'ils puissent être vraiment actifs dans l'établissement de la science politique. Mais ils n'en rempliront pas moins, dans cette grande fondation, une fonction très-importante, quoique passive, celle de juges naturels des travaux. Les résultats obtenus par les hommes qui suivront la nouvelle direction philosophique, n'auront de valeur et d'influence, qu'autant qu'ils seront adoptés par les savans spéciaux, comme ayant le même caractère que leurs travaux habituels.

Nous avons cru devoir donner cette explication, pour prévenir une objection qui se présente naturellement à l'esprit de la plupart des lecteurs. Mais, du reste, il est évident que cette distinction entre la portion de la classe scientifique qui doit être active, et la portion qui doit être simplement passive dans l'élaboration de la doctrine organique, est tout à fait secondaire, et qu'elle n'affecte en rien l'assertion fondamentale établie dans le texte.

vaux industriels. Ces deux pouvoirs doivent donc naturellement procéder pour la formation de ce système, comme ils procéderont, quand il sera établi, pour son application journalière, à cela près de l'importance supérieure du travail qu'il faut exécuter aujourd'hui. Il y a, dans ce travail, une partie spirituelle qui doit être traitée la première, et une partie temporelle qui le sera consécutivement. Ainsi, c'est aux savans à entreprendre la première série de travaux, et aux industriels les plus importants à organiser, d'après les bases qu'elle aura établies, le système administratif. Telle est la marche simple indiquée par la nature des choses, qui enseigne que les classes mêmes qui sont les élémens des pouvoirs d'un nouveau système et qui doivent un jour être placées à sa tête, peuvent seules le constituer, parce qu'elles seules sont capables d'en bien saisir l'esprit, et que seules elles sont poussées dans ce sens par l'impulsion combinée de leurs habitudes et de leurs intérêts.

Une autre considération rend encore plus palpable la nécessité de confier aux savans positifs le travail théorique de la réorganisation sociale.

Il a été observé, dans le chapitre précédent, que la doctrine critique a produit dans la plupart des têtes, et tend à fortifier de plus en plus l'habitude de s'établir juge suprême des idées politiques générales. Cet état anarchique des intelligences, érigé en principe fondamental, est un obstacle évident à la réorganisation de la société. Ce serait donc vainement que des capacités réellement compétentes formeraient la vraie doctrine organique destinée à terminer la crise actuelle, si, par leur situation antécédente, elles ne possédaient, de fait, le pouvoir reconnu de faire autorité. Sans cette condition, leur travail, soumis au contrôle arbitraire et vaniteux d'une politique d'inspiration, ne saurait jamais être uniformément adopté. Or, si l'on jette un coup d'œil sur la société, on reconnaîtra bientôt que cette influence spirituelle se trouve aujourd'hui exclusivement entre les mains des savans. Eux seuls exercent, en matière de théorie, une autorité non contestée. Ainsi, indépendamment de ce que seuls ils sont compétents pour former la nouvelle doctrine organique, ils sont exclusivement investis de la force morale nécessaire pour en déterminer l'admission. Les obstacles que présente pour cela le préjugé critique de la souveraineté morale, conçue comme un droit inné dans tout individu, seraient insurmontables à tout autre qu'à eux. L'unique levier qui puisse renverser ce préjugé se trouve entre leurs mains. C'est l'habitude contractée peu à peu par la société, depuis la fondation des sciences positives, de se soumettre aux décisions des savans pour toutes les idées théoriques particulières, habitude que les savans étendront aisément aux idées théoriques générales, quand ils se seront chargés de les coordonner.

Ainsi, les savans possèdent aujourd'hui, à l'exclusion de toute autre classe, les deux élémens fondamentaux du gouvernement moral, la capacité et l'autorité théorique.

Un dernier caractère essentiel, non moins propre que les précédents à la force scientifique, mérite encore d'être indiqué.

La crise actuelle est évidemment commune à tous les peuples de l'Europe occidentale, quoique tous n'y participent point au même degré. Néanmoins, elle est traitée par chacun d'eux comme si elle était simplement nationale. Mais il faut évidemment à une crise européenne un traitement européen.

Cet isolement des peuples est une conséquence nécessaire de la chute du système théologique et féodal, par laquelle se sont trouvés dissous les liens spirituels que ce système avait établis entre les peuples de l'Europe, et qu'on a vainement essayé de remplacer par un état d'opposition hostile réciproque, déguisé sous le

nom d'équilibre européen. La doctrine critique
est incapable de rétablir l'harmonie qu'elle a
détruit dans son ancien principe fondamental;
et, au contraire, elle l'éloigne. D'abord, par sa
nature, elle tend à l'isolement; et, en second
lieu, les peuples ne sauraient s'entendre complètement sur les principes mêmes de cette
doctrine, parce que chacun d'eux prétend,
d'après elle, modifier l'ancien système à des
degrés différents.

La vraie doctrine organique peut seule produire cette union, si impérieusement réclamée
par l'état de la civilisation européenne. Elle
doit forcément la déterminer en présentant, à
tous les peuples de l'Europe occidentale, le système d'organisation sociale auquel ils sont tous
actuellement appelés, et dont chacun d'eux
jouira d'une manière complète à une époque
plus ou moins rapprochée, suivant l'état spécial de ses lumières. Il faut observer, d'ailleurs,
que cette union sera plus parfaite que celle produite par l'ancien système, laquelle n'existait
que sous le rapport spirituel; tandis qu'aujour-
d'hui elle doit également avoir lieu sous le rapport temporel, de sorte que ces peuples sont
appelés à former une véritable société générale,
complète et permanente. Et, en effet, si c'était
ici le lieu d'entreprendre un tel examen, il se-

rait aisé de montrer que chacun des peuples de
l'Europe occidentale est placé, par la nuance
particulière de son état de civilisation, dans la
situation la plus favorable pour traiter telle ou
telle partie du système général ; d'où résulte l'u-
tilité immédiate de leur coopération. Or, il suit
de là que ces peuples doivent également travailler en commun à l'établissement du nouveau
système.

En considérant, sous ce point de vue, la nouvelle doctrine organique, il est clair que la force
destinée à la former et à l'établir, devant satisfaire à la condition de déterminer la combinaison des différents peuples civilisés, doit être une
force européenne. Or, telle est encore la pro-
priété spéciale, non moins exclusive que toutes
celles précédemment énumérées, de la force
scientifique. Il est sensible que les savans seuls
forment une véritable coalition, compacte, active, dont tous les membres s'entendent et se
correspondent avec facilité et d'une manière continue, d'un bout de l'Europe à l'autre. Cela
tient à ce qu'eux seuls aujourd'hui ont des idées
communes, un langage uniforme, un but d'activité général et permanent. Aucune autre classe
ne possède ce puissant avantage, parce qu'aucune autre ne remplit ces conditions dans leur
intégrité. Les industriels même, si éminemment

portés à l'union par la nature de leurs travaux
et de leurs habitudes, se laissent encore trop
maîtriser par les inspirations hostiles d'un pa-
triotisme sauvage, pour qu'il puisse, dès aujourd'hui, s'établir entre eux une véritable combinaison européenne. C'est à l'action des savans
qu'il est réservé de la produire.

Il est sans doute superflu de démontrer que
la liaison actuelle des savans prendra une in-
tensité beaucoup plus grande, lorsqu'ils diri-
geront leurs forces générales vers la formation de
la nouvelle doctrine sociale. Cette conséquence
est évidente, puisque la force d'un lien social
est nécessairement proportionnée à l'importance
du but de l'association.

Pour bien apprécier, dans toute son étendue,
la valeur de cette force européenne particulière
aux savans, il faut comparer la conduite des
rois, sous le rapport qui nous occupe, à celle
des peuples.

Il a été observé plus haut, que les rois, tout
en se dirigeant d'après un plan absurde dans son
principe, procèdent à son exécution d'une manière beaucoup plus méthodique que les peuples, parce que la ligne qu'ils suivent est toute
décrite dans le passé de la manière la plus détaillée. Ainsi, sous le rapport que nous considérons, les rois combinent leurs efforts dans

toute l'Europe, tandis que les peuples s'isolent. Par ce seul fait, les rois ont un avantage relatif sur les peuples, contre lequel ceux-ci ne peuvent lutter par aucun autre moyen, ce qui le rend d'une extrême importance.

Les chefs de l'opinion des peuples n'ont d'autre ressource que de se récrier contre une telle supériorité de position, qui n'en existe pas moins pour cela. Ils proclament, en thèse générale, que les différents états n'ont aucun droit d'intervenir dans les réformes sociales les uns des autres. Or, ce principe, qui n'est autre chose que l'application de la doctrine critique aux relations extérieures, est absolument faux comme tous les autres dogmes qui la composent; il n'est, comme eux, que la généralisation vicieuse d'un fait transitoire, la dissolution des liens qui existaient, sous l'influence de l'ancien système, entre les nations européennes. Il est clair que les peuples de l'Europe occidentale, par la conformité et l'enchaînement de leur civilisation, envisagée, soit dans son développement successif, soit dans son état actuel, forment une grande nation, dont les membres ont réciproquement des droits, moins étendus sans doute, mais de même nature que ceux des différentes portions d'un état unique.

D'ailleurs, on voit que cette idée critique,

fût-elle vraie, n'atteint point à son but, et l'éloigne même, puisqu'elle tend à empêcher les peuples de s'unir. Comme une force ne peut être contenue que par une autre, les peuples seront évidemment, sous le rapport Européen, dans un état d'infériorité à l'égard des rois, tant que la force des savans, seule européenne, ne présidera point au grand travail de la réorganisation sociale. Elle seule peut être, pour les peuples, l'équivalent réel de la sainte-alliance, à cela près de la supériorité nécessaire d'une coalition spirituelle sur une coalition purement temporelle.

Ainsi, en dernière analyse, la nécessité de confier aux savans les travaux théoriques préliminaires reconnus indispensables pour réorganiser la société, se trouve solidement fondée sur quatre considérations distinctes, dont chacune suffirait seule pour l'établir : 1°. les savans, par leur genre de capacité et de culture intellectuelles sont seuls compétents pour exécuter ces travaux; 2°. cette fonction leur est destinée par la nature des choses, comme étant le pouvoir spirituel du système à organiser; 3°. ils possèdent exclusivement l'autorité morale nécessaire aujourd'hui pour déterminer l'adoption de la nouvelle doctrine organique, lorsqu'elle sera formée; 4°. enfin, de toutes les forces sociales

existantes, celle des savans est la seule qui soit
européenne. Un tel ensemble de preuves doit,
sans doute, mettre la grande mission théorique
des savans à l'abri de toute incertitude et de
toute contestation.

Il résulte, de tout ce qui précède, que les
erreurs capitales commises par les peuples dans
leur manière de concevoir la réorganisation de
la société, ont, pour cause première, la marche vicieuse d'après laquelle ils ont procédé à
cette réorganisation; que le vice de cette marche consiste en ce que la réorganisation sociale
a été regardée comme une opération purement
pratique, tandis qu'elle est essentiellement théorique; que la nature des choses et les expériences historiques les plus convaincantes, prouvent
la nécessité absolue de diviser le travail total de la
réorganisation en deux séries, l'une théorique,
l'autre pratique, dont la première doit être préalablement exécutée, et est destinée à servir de base
à la seconde ; que l'exécution préliminaire des
travaux théoriques exige la mise en activité d'une
nouvelle force sociale, distincte de celles qui
ont jusqu'ici occupé la scène, et qui sont absolument incompétentes; enfin, que, par plusieurs
raisons très-décisives, cette nouvelle force doit
être celle des savans adonnés à l'étude des sciences d'observation.

L'ensemble de ces idées peut être envisagé comme ayant eu pour objet de porter par degrés l'esprit des hommes méditatifs au point de vue élevé d'où on peut embrasser, d'un seul coup d'œil général, et les vices de la marche suivie jusqu'à présent pour réorganiser la société, et le caractère de celle qui doit être adoptée aujourd'hui. Tout se réduit, en dernier lieu, à faire établir, pour la politique, par les forces combinées des savans européens, une théorie positive, distincte de la pratique, et ayant pour objet la conception du nouveau système social correspondant à l'état présent des lumières. Or, en y réfléchissant, on verra que cette conclusion se résume dans cette seule idée : *les savans doivent aujourd'hui élever la politique au rang des sciences d'observation.*

Tel est le point de vue culminant et définitif auquel il faut se placer. De ce point de vue, il est aisé de resserrer dans une série de considérations très-simples, la substance de tout ce qui a été dit depuis le commencement de cet ouvrage. Il reste à faire cette importante généralisation, qui peut seule fournir les moyens d'aller plus loin, en permettant de rendre la pensée plus rapide.

Par la nature même de l'esprit humain, chaque branche de nos connaissances est nécessairement assujettie dans sa marche à passer successivement par trois états théoriques différents: l'état théologique ou fictif; l'état métaphysique ou abstrait; enfin, l'état scientifique ou positif.

Dans le premier, des idées surnaturelles servent à lier le petit nombre d'observations isolées dont la science se compose alors. En d'autres termes, les faits observés sont *expliqués*, c'est-à-dire, *vus à priori*, d'après des faits inventés. Cet état est nécessairement celui de toute science au berceau. Quelque imparfait qu'il soit, c'est le seul mode de liaison possible à cette époque. Il fournit, par conséquent, le seul instrument au moyen duquel on puisse raisonner sur les faits, en soutenant l'activité de l'esprit, qui a besoin par-dessus tout d'un point de ralliement quelconque. En un mot, il est indispensable pour permettre d'aller plus loin.

Le second état est uniquement destiné à servir de moyen de transition du premier vers le troisième. Son caractère est bâtard, il lie les faits d'après des idées qui ne sont plus tout-à-fait surnaturelles, et qui ne sont pas encore entièrement naturelles. En un mot, ces idées sont des abstractions personnifiées, dans lesquelles l'esprit peut voir à volonté ou le nom mystique d'une cause surnaturelle, ou l'énoncé abstrait d'une simple série de phénomènes, suivant qu'il est plus près de l'état théologique ou de l'état scientifique. Cet état métaphysique suppose que les faits, devenus plus nombreux, se sont en même temps rapprochés d'après les analogies plus étendues.

Le troisième état est le mode définitif de toute science quelconque; les deux premiers n'ayant été destinés qu'à le préparer graduellement. Alors, les faits sont liés d'après des idées ou lois générales d'un ordre entièrement positif, suggérées et confirmées par les faits eux-mêmes, qui souvent même ne sont que de simples faits assez généraux pour devenir des principes. On tâche de les réduire toujours au plus petit nombre possible, mais sans jamais imaginer rien d'hypothétique qui ne soit de nature à être vérifié un jour par l'observation, et en ne les regardant, dans tous les cas, que comme un moyen d'expression générale pour les phénomènes.

Les hommes, auxquels la marche des sciences est familière, peuvent aisément vérifier l'exactitude de ce résumé historique général, par rapport aux quatre sciences fondamentales aujourd'hui positives : l'astronomie, la physique, la chimie et la physiologie, aussi bien que pour les sciences qui s'y rattachent. Ceux même qui n'ont considéré les sciences que dans leur état présent, peuvent faire cette vérification pour la physiologie qui, quoique devenue enfin aussi positive que les trois autres, existe encore sous les trois formes dans les différentes classes d'esprits, inégalement contemporaines. Ce fait est surtout manifeste pour la portion de cette science qui considère les phénomènes spécialement appelés *moraux*, conçus par les uns comme le résultat d'une action surnaturelle continue, par d'autres comme les effets incompréhensibles de l'activité d'un être abstrait, et par d'autres, enfin, comme tenant à des conditions organiques susceptibles d'être démontrées, et au-delà desquelles on ne saurait remonter.

En considérant la politique comme une science, et lui appliquant les observations précédentes, on trouve qu'elle a déjà passé par les deux premiers états, et qu'elle est prête aujourd'hui à atteindre au troisième.

La doctrine des rois représente l'état théologique de la politique. C'est effectivement sur des idées théologiques qu'elle est fondée en dernière analyse. Elle montre les relations sociales comme basées sur l'idée surnaturelle du droit divin. Elle explique les changemens politiques successifs de l'espèce humaine, par une direction surnaturelle immédiate, exercée d'une manière continue depuis le premier homme jusqu'à présent. C'est ainsi que la politique a été uniquement conçue, jusqu'à ce que l'ancien système ait commencé à décliner.

La doctrine des peuples exprime l'état métaphysique de la politique. Elle est fondée en totalité sur la supposition abstraite et métaphysique d'un contrat social primitif, antérieur à tout développement des facultés humaines par la civilisation. Les moyens habituels de raisonnement qu'elle emploie sont les droits, envisagés comme naturels et communs à tous les hommes au même degré, qu'elle fait garantir par ce contrat. Telle est la doctrine primitivement critique, tirée, à l'origine, de la théologie, pour lutter contre l'ancien système, et qui ensuite a été envisagée comme organique. C'est Rousseau principalement qui l'a résumée sous une forme systématique, dans un ouvrage qui a servi et qui sert encore de base aux considérations vulgaires sur l'organisation sociale.

Enfin, la doctrine scientifique de la politique considère l'état social sous lequel l'espèce humaine a toujours été trouvée par les observateurs comme la conséquence nécessaire de son organisation. Elle conçoit le but de cet état social comme déterminé par le rang que l'homme occupe dans le système naturel, tel qu'il est fixé par les faits, et sans être envisagé comme susceptible d'explication. Elle voit, en effet, résulter de ce rapport fondamental la tendance constante de l'homme à agir sur le surplus de la nature, pour la modifier à son avantage. Elle considère ensuite l'ordre social comme ayant pour objet final de développer collectivement cette tendance naturelle, de la régulariser et de la concerter pour que l'action utile produite soit la plus grande possible. Cela posé, elle essaie de rattacher aux lois fondamentales de l'organisation humaine, par des observations directes sur le développement collectif de l'espèce, la marche qu'elle a suivie et les états intermédiaires par lesquels elle a été assujettie à passer avant de parvenir à cet état définitif. En se dirigeant d'après cette série d'observations, elle envisage les perfectionnemens réservés à chaque époque comme dictés, à l'abri de toute hypothèse, par le point de ce développement auquel l'espèce humaine est parvenue. Elle conçoit ensuite, pour chaque degré de civilisation, les combinaisons politiques comme ayant uniquement pour objet de faciliter les pas qui tendent à se faire après qu'ils ont été terminés avec précision.

Tel est l'esprit de la doctrine positive qu'il s'agit d'établir aujourd'hui, en se proposant pour but d'en faire application à l'état présent

de l'espèce humaine civilisée, et en ne considérant les états antérieurs que comme nécessaires à observer pour établir les lois fondamentales de la science.

Il est aisé de s'expliquer tout à la fois pourquoi la politique n'a pas pu devenir plutôt une
science positive, et pourquoi elle y est appelée
aujourd'hui.

Deux conditions fondamentales, distinctes
quoique inséparables, étaient indispensables
pour cela.

En premier lieu, il fallait que toutes les
sciences particulières fussent successivement
devenues positives ; car l'ensemble ne pouvait
être tel quand tous les élémens ne l'étaient pas.
Cette condition est aujourd'hui remplie.

Les sciences sont devenues positives, l'une
après l'autre, dans l'ordre où il était naturel
que cette révolution s'opérât. Cet ordre est celui du degré de complication plus ou moins
grand de leurs phénomènes, ou, en d'autres
termes, de leur rapport plus ou moins intime
avec l'homme. Ainsi, les phénomènes astronomiques d'abord, comme étant les plus simples, et ensuite successivement, les physiques,
les chimiques et les physiologiques, ont été
ramenés à des théories positives ; ceux-ci à une
époque toute récente. La même réforme ne pou-

vait s'effectuer qu'en dernier lieu pour les phénomènes politiques qui sont les plus compliqués, puisqu'ils dépendent de tous les autres.
Mais il est évidemment aussi nécessaire qu'elle
s'effectue alors, qu'il eût été impossible qu'elle
arrivât plutôt.

En second lieu, il fallait que le système social préparatoire, dans lequel l'action sur la
nature n'était que le but indirect de la société,
fût parvenu à sa dernière époque.

D'une part, en effet, la théorie ne pouvait
jusqu'alors s'établir parce qu'elle aurait été trop
en avant de la pratique. Étant destinée à la diriger, elle ne saurait la devancer jusqu'au point
de la perdre de vue. D'une autre part, elle n'aurait pas eu plutôt une base expérimentale suffisante. Il fallait l'établissement d'un système
d'ordre social, admis par une population très-
nombreuse, et composée de plusieurs grandes
nations, et toute la durée possible de ce système, pour qu'une théorie pût se fonder sur
cette vaste expérience.

Cette seconde condition est aujourd'hui satisfaite aussi-bien que la première. Le système
théologique, destiné à préparer l'esprit humain
au système scientifique, est parvenu au terme
de sa carrière. Cela est incontestable, puisque
le système métaphysique, dont l'unique objet

est de renverser le système théologique, a généralement obtenu la prépondérance parmi les
peuples. La politique scientifique doit donc naturellement s'établir, puisque, vu l'impossibilité absolue de se passer d'une théorie, il faudrait, si cela n'avait pas lieu, supposer que la
politique théologique se reconstituât ; la politique métaphysique n'étant pas, à proprement
parler, une vraie théorie, mais une doctrine
critique, bonne seulement pour une transition.

En résumé, il n'y a donc jamais eu de révolution morale à la fois plus inévitable, plus
mûre et plus urgente, que celle qui doit maintenant élever la politique au rang des sciences
d'observation entre les mains des savans européens combinés. Cette révolution peut seule faire
intervenir, dans la grande crise actuelle, une
force vraiment prépondérante, seule capable de
la régler, et de préserver la société des explo-
sions terribles et anarchiques dont elle est menacée, en la plaçant dans la véritable route
du système social perfectionné, que réclame impérieusement l'état de ses lumières.

Pour mettre en activité le plus promptement
possible les forces scientifiques destinées à remplir cette salutaire mission, il fallait présenter
le prospectus général des travaux théoriques à

exécuter pour réorganiser la société, en élevant la politique au rang des sciences d'observation. Nous avons osé concevoir ce plan, et nous le proposons solennellement aux savans de l'Europe.

Profondément convaincus que, lorsque cette discussion sera engagée, notre plan, adopté ou rejeté, conduira nécessairement à la formation du plan définitif; nous ne craignons pas de sommer tous les savans européens, au nom de la société, menacée d'une longue et terrible agonie dont leur intervention peut seule la préserver, d'émettre publiquement et librement leur opinion motivée par rapport au tableau général de travaux organiques que nous leur soumettons.

Ce prospectus se compose de trois séries de travaux.

La première a pour objet la formation du système d'observations historiques sur la marche générale de l'esprit humain, destiné à être la base positive de la politique, de manière à lui faire perdre entièrement le caractère théologique et le caractère métaphysique, pour lui imprimer le caractère scientifique.

La seconde tend à fonder le système complet d'éducation positive qui convient à la société régénérée, se constituant pour agir sur la nature, ou, en d'autres termes, elle se propose de perfectionner cette action en tant qu'elle dépend des facultés de l'agent.

La troisième enfin consiste dans l'exposition générale de l'action collective que, dans l'état actuel de toutes leurs connaissances, les hommes civilisés peuvent exercer sur la nature pour la modifier à leur avantage, en dirigeant toutes leurs forces vers ce but, et en n'envisageant les combinaisons sociales que comme des moyens d'y atteindre.

PREMIÈRE SÉRIE DE TRAVAUX.

La condition fondamentale à remplir, pour traiter la politique d'une manière positive, consiste à déterminer avec précision les limites dans lesquelles sont renfermées, par la nature des choses, les combinaisons d'ordre social. En d'autres termes, il faut que, dans la politique, à l'exemple des autres sciences, le rôle de l'observation et celui de l'imagination soient rendus parfaitement distincts, et que le second soit subordonné au premier.

Pour présenter dans tout son jour cette idée capitale, il est nécessaire de comparer l'esprit général de la politique positive avec celui de la politique théologique et de la politique métaphysique. Afin de simplifier ce parallèle, on doit envelopper ces deux-ci dans une même considération ; ce qui ne saurait altérer les résultats, puisque, d'après le chapitre précédent, la seconde n'est au fond qu'une nuance de la première, dont elle ne diffère essentiellement que par un caractère moins prononcé.

L'état théologique et l'état métaphysique d'une science quelconque ont pour caractère commun la prédominance de l'imagination sur l'observation. La seule différence qui existe entre eux sous ce point de vue, c'est que l'imagination s'exerce dans le premier sur des êtres surnaturels, et dans le second sur des abstractions personnifiées.

La conséquence nécessaire et constante d'un tel état de l'esprit humain, est de persuader à l'homme que, sous tous les rapports, il est le centre du système naturel, et, par suite, qu'il est doué d'une puissance d'action indéfinie sur les phénomènes. Cette persuasion résulte évidemment, d'une manière directe, de la suprématie exercée par l'imagination qui se combine avec le penchant organique en vertu duquel l'homme est porté à se former, en général, des idées exagérées de son importance et de son pouvoir. Une telle illusion forme le trait caractéristique le plus sensible de cette enfance de la raison humaine.

Considérées du point de vue philosophique, les révolutions qui ont fait passer les différentes sciences à l'état positif, ont eu pour effet général d'établir en sens inverse cet ordre primitif de nos idées.

Le caractère fondamental de ces révolutions a été de transporter à l'observation la prépondérance jusqu'alors exercée par l'imagination. Par suite, les conséquences ont également été renversées. L'homme a été déplacé du centre de la nature pour se placer au rang qu'il y occupe effectivement. De même, son action a été renfermée dans ses limites réelles, en la réduisant à modifier plus ou moins, les uns par les autres, un certain nombre des phénomènes qu'il est destiné à observer.

Il suffit d'indiquer l'aperçu historique précédent, pour qu'il soit aussitôt vérifié, à l'égard des sciences aujourd'hui positives, par tous ceux qui en ont des notions claires.

Ainsi, en astronomie, l'homme a commencé par regarder les phénomènes célestes, sinon comme soumis à son influence, du moins comme ayant, avec tous les détails de son existence, des rapports directs et intimes ; il a fallu toute la puissance des démonstrations les plus fortes et les plus multipliées, pour qu'il se résignât à n'occuper qu'une place subalterne et imperceptible dans le système général de l'univers. De même, en chimie, il a cru d'abord pouvoir modifier au gré de ses désirs la nature intime des corps, avant de se réduire à observer les effets de l'action réciproque des différentes substances terrestres. Pareillement en médecine, c'est après avoir long-temps espéré de rectifier à volonté les dérangemens de son organisation, et même de résister indéfiniment aux causes de destruction, qu'il a enfin reconnu que son action était nulle, quand elle ne concourait pas avec celle de l'organisation, et à plus forte raison lorsqu'elle lui était opposée.

La politique n'a pas échappé plus que les autres sciences à cette loi fondée sur la nature des choses. L'état dans lequel elle s'est toujours trouvée jusqu'à présent, et dans lequel elle se trouve encore, correspond avec une analogie parfaite à ce qu'était l'astrologie pour l'astronomie, l'alchimie pour la chimie, et la recherche de la panacée universelle pour la médecine.

D'abord, il est évident, d'après le chapitre précédent, que la politique théologique et la politique métaphysique, envisagées, quant à leur manière de procéder, s'accordent à faire dominer l'imagination sur l'observation. Sans doute, on ne saurait prétendre que jusqu'ici l'observation n'ait pas été employée dans la politique théorique; mais elle ne l'a été que d'une manière subalterne, toujours aux ordres de l'imagination, comme elle l'était, par exemple, en chimie, à l'époque de l'alchimie.

Cette prépondérance de l'imagination a dû avoir nécessairement pour la politique des conséquences analogues à celles ci-dessus décrites pour les autres sciences. C'est ce qu'on peut aisément vérifier par des observations directes sur l'esprit commun de la politique théologique et de la politique métaphysique, considérées du point de vue théorique.

L'homme a cru jusqu'à présent à la puissance illimitée de ses combinaisons politiques pour le perfectionnement de l'ordre social. En d'autres termes, l'espèce humaine a été envisagée jusqu'ici en politique, comme n'ayant pas d'impulsion qui lui soit propre, comme pouvant toujours recevoir passivement celle quelconque que le législateur, armé d'une autorité suffisante, voudra lui donner.

Par une conséquence nécessaire, l'absolu a toujours régné et règne encore dans la politique théorique, soit théologique, soit métaphysique. Le but commun qu'elles se proposent, est d'établir, chacune à sa manière, le type éternel de l'ordre social le plus parfait, sans avoir en vue aucun état de civilisation déterminé. L'une et l'autre prétendent avoir trouvé exclusivement un système d'institutions qui atteint à ce but. La seule chose qui les distingue à cet égard, c'est que la première interdit formellement toute modification importante au plan qu'elle a tracé, tandis que la seconde permet l'examen, pourvu qu'il soit dirigé dans le même sens. A cela près, leur caractère est également absolu.

Cet absolu est encore plus sensible dans leurs applications à la politique pratique. Chacune d'elles voit dans son système d'institutions, une sorte de panacée universelle applicable, avec une infaillible sécurité, à tous les maux politiques, de quelque nature qu'ils puissent être, et quel que soit le degré actuel de civilisation du peuple auquel le remède est destiné. De même aussi, toutes deux jugent les régimes des différents peuples aux diverses époques de civilisation, uniquement d'après leur plus ou moins de conformité ou d'opposition avec le type invariable de perfection qu'elles ont établi. Ainsi, pour en citer un exemple récent et sensible, les partisans de la politique théologique et ceux de la politique métaphysique ont proclamé, tour à tour et à très-peu d'intervalle, l'organisation sociale de l'Espagne supérieure à celle des nations européennes les plus avancées, sans que ni les uns ni les autres aient tenu aucun compte de l'infériorité actuelle des Espagnols en civilisation à l'égard des Français et des Anglais, au-dessus desquels on les a placés, quant au régime politique. De tels jugemens, qu'il serait aisé de multiplier, montrent avec évidence combien il est dans l'esprit de la politique théologique et de la politique métaphysique, de faire abstraction totale de l'état de la civilisation.

Il importe de remarquer à cet égard, pour achever de les caractériser, qu'elles s'accordent,

en général, par des motifs différents, à faire
coïncider la perfection de l'organisation sociale
avec un état de civilisation très-imparfait. On
voit même que les partisans les plus conséquents
de la politique métaphysique, tels que Rousseau
qui l'a coordonnée, ont été conduits jusqu'à
regarder l'état social comme une dégénération
d'un état de nature composé par leur imagination, ce qui n'est que l'analogue métaphysique
de l'idée théologique relative à la dégradation
de l'espèce humaine par le péché originel.

Ce résumé exact confirme que la prépondérance de l'imagination sur l'observation, a produit, en politique, des résultats parfaitement
semblables à ceux qu'elle avait engendrés dans
les autres sciences, avant qu'elles fussent devenues positives. La recherche absolue du meilleur gouvernement possible, abstraction faite
de l'état de la civilisation, est évidemment tout-
à-fait du même ordre que celle d'un traitement
général applicable à toutes les maladies et à tous
les tempéramens.

En cherchant à réduire à sa plus simple expression l'esprit général de la politique théologique
et métaphysique, on voit, par ce qui précède,
qu'il se ramène à deux considérations essentielles. Relativement à la manière de procéder,
il consiste dans la prédominance de l'imagina-

tion sur l'observation. Relativement aux idées
générales destinées à diriger les travaux, il consiste, d'une part, à envisager l'organisation sociale d'une manière abstraite, c'est-à-dire,
comme indépendante de l'état de la civilisation ;
et, d'une autre part, à regarder la marche de
la civilisation comme n'étant assujétie à aucune loi.

En prenant cet esprit en sens inverse, on doit
nécessairement trouver celui de la politique positive, puisque la même opposition s'observe,
d'après ce qui a été établi ci-dessus, entre l'état
conjectural et l'état positif de toutes les autres
sciences. On ne fera, par cette opération intellectuelle, qu'étendre à l'avenir l'analogie observée dans le passé. En effectuant l'opération,
on est conduit aux résultats suivans.

En premier lieu, pour rendre positive la
science politique, il faut y introduire, comme
dans les autres sciences, la prépondérance de
l'observation sur l'imagination. En second lieu,
pour que cette idée fondamentale puisse être
réalisée, il faut concevoir, d'une part, l'organisation sociale comme intimement liée avec
l'état de la civilisation et déterminée par lui ;
d'une autre part, il faut considérer la marche
de la civilisation comme assujétie à une loi invariable fondée sur la nature des choses. La po-

6

litique ne saurait devenir positive, ou, ce qui
revient au même, l'observation ne pourrait y
prendre le dessus sur l'imagination, tant que ces
deux dernières conditions ne seront pas remplies.
Mais il est clair, réciproquement, que, si elles
le sont, si la théorie de la politique est toute
entière établie dans cet esprit, l'imagination se
trouvera, par le fait, subordonnée à l'observation, et la politique sera positive. Ainsi c'est à
ces deux conditions que tout se ramène en dernière analyse.

Telles sont donc les deux idées capitales qui
doivent présider aux travaux positifs sur la politique théorique. Vu leur extrême importance,
il est indispensable de les considérer dans un
plus grand détail. Il ne s'agit point ici d'en établir la démonstration, qui sera présisément le
résultat des travaux à effectuer. Il est uniquement question d'en présenter un énoncé assez
complet pour que les esprits capables d'en juger
puissent en faire une sorte de vérification anti-
cipée en les comparant aux faits généralement
connus; vérification suffisante pour se convaincre
de la possibilité de traiter la politique à la manière des sciences d'observation. Notre but principal sera atteint, si nous avons donné naissance
à cette conviction.

La civilisation consiste, à proprement parler,

dans le développement de l'esprit humain, d'une part, et, de l'autre, dans le développement de l'action de l'homme sur la nature, qui en est la conséquence. En d'autres termes, les élémens dont se compose l'idée de civilisation, sont, les sciences, les beaux-arts et l'industrie; cette dernière expression étant prise dans le sens le plus étendu, celui que nous lui avons toujours donné.

En considérant la civilisation sous ce point de vue précis et élémentaire, il est aisé de sentir que l'état de l'organisation sociale est essentiellement dépendant de celui de la civilisation, et qu'il en doit être regardé comme une conséquence, tandis que la politique d'imagination l'envisage comme en étant isolé, et même tout-à-fait indépendant.

L'état de la civilisation détermine nécessairement celui de l'organisation sociale, soit au spirituel, soit au temporel, sous les deux rapports les plus importans. D'abord, il en détermine la nature, car il fixe le but d'activité de la société; de plus, il en prescrit la forme essentielle, car il crée et développe les forces sociales temporelles et spirituelles destinées à diriger cette activité générale. Il est clair, en effet, que l'activité collective du corps social n'étant que la somme des activités individuelles de tous ses membres, dirigées vers un but commun, ne saurait être d'une autre nature que ses élémens, qui sont évidemment déterminés par l'état plus ou moins avancé des sciences, des beaux-arts et de l'industrie. Il est encore plus sensible qu'il y aurait impossibilité à concevoir l'existence prolongée d'un système politique, qui n'investirait pas du pouvoir suprême les forces sociales prépondérantes, dont la nature est prescrite invariablement par l'état de la civilisation. Ce que le raisonnement indique, l'expérience le confirme.

Toutes les variétés d'organisation sociale, qui ont existé jusqu'à présent, n'ont été que des modifications plus ou moins étendues d'un système unique, le système militaire et théologique. La formation primitive de ce système a été une conséquence évidente et nécessaire de l'état imparfait de la civilisation à cette époque. L'industrie étant dans l'enfance, la société a dû naturellement prendre la guerre pour but d'activité, surtout si l'on considère qu'un tel état de choses en facilitait les moyens, en même temps qu'il en imposait la loi par les stimulants les plus énergiques qui agissent sur l'homme, le besoin d'exercer ses facultés et celui de vivre. De même, il est clair que l'état théologique dans lequel se trouvaient alors toutes les idées théologiques particulières, imprimait forcément le

même caractère aux idées générales destinées à
servir de lien social. Le troisième élément de
civilisation, les beaux-arts, était alors prédominant; et, c'est lui, en effet, qui a principalement fondé, d'une manière régulière, cette
première organisation. S'il ne se fût pas déve-
loppé, il serait impossible d'imaginer comment
la société eût pu s'organiser.

Si l'on observe ensuite les modifications successives que ce système primitif a éprouvées jusqu'à nos jours, et qui ont été prises par les métaphysiciens pour autant de systèmes différens,
on trouvera le même résultat. On verra dans
toutes des effets inévitables de l'extension toujours croissante acquise par l'élément scientifique et l'élément industriel, presque nuls à l'o-
rigine. C'est ainsi que le passage du polytéisme
au théisme, et, plus tard, la réforme du protestantisme, ont été produits principalement
par les progrès continus, quoique lents, des connaissances positives, ou, en d'autres termes,
par l'action exercée sur les anciennes idées générales par les idées particulières qui avaient
cessé peu à peu d'être du même ordre qu'elles.
De même, sous le rapport temporel, le passage
de l'état romain à l'état féodal; et, plus clairement encore, la décadence de celui-ci par l'affranchissement des communes et ses suites,

doivent être essentiellement rapportés à l'importance progressive de l'élément industriel. En un mot, tous les faits généraux constatent l'étroite dépendance de l'organisation sociale par rapport à la civilisation.

Les meilleurs esprits, ceux qui sont le plus rapprochés de l'état positif de la politique, commencent aujourd'hui à entrevoir ce principe fondamental. Ils sentent qu'il y a absurdité à concevoir isolément le système politique, à faire dériver de lui les forces de la société, dont il reçoit au contraire les siennes, sous peine de nullité. En un mot, ils admettent déjà que l'ordre politique n'est et ne peut être que l'expression de l'ordre civil, ce qui signifie, en d'autres termes, que les forces sociales prépondérantes finissent, de toute nécessité, par devenir dirigeantes. Il n'y a plus qu'un pas à faire de là pour arriver à reconnaître la subordination du système politique à l'égard de l'état de la civilisation. Car, s il est clair que l'ordre politique est l'expression de l'ordre civil, il est, au moins aussi évident que l'ordre civil lui-même n'est que l'expression de l'état de la civilisation.

Sans doute, l'organisation sociale réagit à son tour, d'une manière inévitable et plus ou moins énergique, sur la civilisation. Mais cette influence qui n'est que secondaire, malgré sa très-grande importance, ne doit pas faire intervertir l'ordre naturel de dépendance. La preuve que cet ordre est réellement tel qu'il vient d'être indiqué, peut se tirer de cette réaction même, envisagée convenablement. Car, il est d'expérience constante, que si l'organisation sociale est constituée en sens contraire de la civilisation, la seconde finit toujours par l'emporter sur la première.

On doit donc admettre, comme une des deux idées fondamentales qui fixent l'esprit de la politique positive, que l'organisation sociale ne doit pas être considérée, soit dans le présent, soit dans le passé, isolément de l'état de la civilisation dont elle doit être envisagée comme une dérivation nécessaire. Si, pour faciliter l'étude, on juge quelquefois utile de les examiner séparément, cette abstraction doit toujours être conçue comme simplement provisoire, et ne doit jamais faire perdre de vue la subordination établie par la nature des choses.

La seconde idée fondamentale consiste en ce que les progrès de la civilisation se développent suivant une loi nécessaire.

L'expérience du passé prouve, de la manière la plus décisive, que la civilisation est assujétie dans son développement progressif à une marche naturelle et irrévocable, dérivée des lois de l'organisation humaine, et qui devient, à son

tour, la loi suprême de tous les phénomènes politiques.

Il ne peut, évidemment, être question ici d'exposer avec précision les caractères de cette loi,
et sa vérification par les faits historiques, même
les plus sommaires. C'est l'objet de la seconde
partie de ce volume. Il ne s'agit maintenant que
de présenter quelques considérations sur cette
idée fondamentale.

Une première considération doit faire sentir
la nécessité de supposer une telle loi, pour l'explication des phénomènes politiques.

Tous les hommes qui ont une certaine connaissance des faits historiques les plus marquans,
quelles que soient d'ailleurs leurs opinions spéculatives, conviendront que, si l'on envisage
l'ensemble de l'espèce humaine policée, elle a
fait, en civilisation, des progrès non interrom-
pus et toujours croissans depuis les temps historiques les plus reculés jusqu'à nos jours. Dans
cette proposition, le mot de civilisation est entendu tel qu'il a été expliqué ci-dessus, et en
y comprenant, de plus, comme conséquence,
l'organisation sociale.

On ne peut élever aucun doute raisonnable sur
ce grand fait pour l'époque qui s'étend depuis le
onzième siècle jusqu'à présent, c'est-à-dire, depuis l'introduction des sciences d'observation en

Europe par les Arabes et l'affranchissement des communes. Mais il n'est pas moins incontestable pour l'époque précédente. Les savans ont, aujourd'hui, bien reconnu que les prétentions des érudits au sujet des connaissances scientifiques très-avancées des anciens, sont dénuées de tout fondement réel. Il est prouvé que les Arabes les ont dépassés. Il en a été de même, et encore plus clairement, de l'industrie, du moins dans tout ce qui exige une véritable capacité, et qui n'est pas l'effet de circonstances purement accidentelles. Lors même qu'on excepterait les beaux-arts, cette exclusion, qui s'explique d'une manière toute naturelle, laisserait à la proposition une généralité suffisante. Enfin, quant à l'organisation sociale, il est de la dernière évidence qu'elle a fait, dans la même période, des progrès du premier ordre, par l'établissement du christianisme, et par la formation du régime féodal, bien supérieur aux organisations grecques et romaines.

Il est donc certain que la civilisation a marché continuellement et sous tous les rapports.

D'un autre côté, sans adopter, relativement au passé, l'esprit de dénigrement, aveugle autant qu'injuste, introduit par la métaphysique, on ne peut s'empêcher de reconnaître que, par suite de l'état d'enfance dans lequel la politique a été jusqu'ici , les combinaisons pratiques qui ont été dirigées sur la civilisation n'étaient pas toujours les plus propres à la faire marcher , et souvent même tendaient beaucoup plus par elles-mêmes à entraver sa marche qu'à la favoriser. Il y a eu des époques dans lesquelles toute l'action politique principale a été combinée dans un sens entièrement stationnaire ; ce sont, en général, celles de la décadence des systèmes, celles , par exemple, de l'empereur Julien, de Philippe II et des Jésuites ; et, en dernier lieu, celle de Bonaparte. Qu'on observe d'ailleurs, d'après la discussion précédente, que l'organisation sociale ne règle point la marche de la civilisation, dont elle est, au contraire, le produit.

. La guérison fréquente des maladies sous l'influence de traitemens évidemment vicieux, a fait connaître aux médecins l'action puissante qu'exerce spontanément tout corps vivant pour rétablir les dérangemens accidentels de son organisation. De même, l'avancement de la civilisation à travers des combinaisons politiques défavorables, prouve clairement que la civilisation est assujétie à une marche naturelle, indépendante de toutes les combinaisons, et qui les domine. Si on n'admettait pas ce principe, il n'y aurait d'autre parti à prendre pour expliquer un tel fait, pour comprendre comment la civilisation a presque toujours profité des fautes qui ont été commises au lieu d'en être retardée, que de recourir à une direction surnaturelle immédiate et continue, à l'exemple de la politique théologique.

Au reste, il convient d'observer à ce sujet que trop souvent on a regardé comme défavorables à la marche de la civilisation, des causes qui ne l'étaient qu'en apparence. La raison en est surtout que les meilleurs esprits même n'ont pas eu égard jusqu'à présent à une des lois essentielles des corps organisés, qui s'applique aussi-bien à l'espèce humaine agissant collectivement qu'à un individu isolé. Cette loi consiste dans la nécessité des résistances, jusqu'à un certain degré, pour que toutes les forces soient pleinement développées. Mais cette remarque n'affecte en rien la considération précédente. Car, si les obstacles sont nécessaires pour que les forces se déploient, ils ne les produisent pas.

La conclusion déduite de cette première considération serait beaucoup fortifiée, si l'on tenait compte de l'identité remarquable observée dans le développement de la civilisation de différens peuples, entre lesquels on ne peut raisonnablement supposer aucune communication politique.

Cette identité n'a pu être produite que par l'influence d'une marche naturelle de civilisation, uniforme pour tous les peuples, parce qu'elle dérive des lois fondamentales de l'organisation humaine, qui sont communes à tous. Ainsi, par exemple, les mœurs des premiers temps de la Grèce, telles qu'Homère les a décrites, retrouvées de nos jours, avec une très-grande similitude, chez les nations sauvages de l'Amérique septentrionale; la féodalité observée chez les Malais avec le même caractère essentiel qu'elle eut en Europe au onzième siècle, etc.; ne peuvent évidemment s'expliquer que de cette seule manière.

Une seconde considération peut rendre très-facile à sentir l'existence d'une loi naturelle qui préside au développement de la civilisation.

Si l'on admet, conformément à l'aperçu ci-dessus présenté, que l'état du régime social est une dérivation nécessaire de celui de la civilisation, on pourra dégager, de l'observation de la marche, cet élément compliqué; et ce qui sera vu pour les autres ne lui en sera pas moins applicable comme conséquence.

En réduisant ainsi la question à ses moindres termes, il devient aisé d'apercevoir que la civilisation est assujétie à une marche déterminée et invariable.

Une philosophie superficielle, qui ferait de ce monde une scène à miracles, a prodigieusement exagéré l'influence du hasard, c'est-à-dire, des causes isolées, dans les choses humaines. Cette exagération est surtout manifeste pour les sciences et pour les arts. Entre autres exemples remarquables, chacun connaît la singulière admiration dont plusieurs hommes d'esprit ont été pénétrés, en pensant à la loi de la gravitation universelle révélée à Newton par la chute d'une pomme.

Il est aujourd'hui généralement reconnu, par tous les hommes sensés, que le hasard n'a qu'une part infiniment petite dans les découvertes scientifiques et industrielles ; qu'il ne joue un rôle essentiel que dans des découvertes sans aucune importance. Mais à cette erreur il en a succédé une autre, qui, beaucoup moins déraisonnable en elle-même, présente néanmoins à l'effet presque les mêmes inconvéniens. Le rôle du hasard a été transporté au génie avec un caractère à peu près semblable. Cette transformation n'explique guère mieux les actes de l'esprit humain.

L'histoire des connaissances humaines prouve cependant, de la manière la plus sensible, et les meilleurs esprits l'ont déjà reconnu, que tous les travaux s'enchaînent dans les sciences et dans les arts, soit dans la même génération, soit d'une génération à l'autre; de telle sorte, que les découvertes d'une génération préparent celles de la suivante, comme elles avaient été préparées par celles de la précédente. On a constaté que la puissance du génie isolé est beaucoup moindre que celle qu'on lui avait supposée. L'homme le plus justement illustré par de grandes découvertes, doit presque toujours la plus grande partie de ses succès à ses prédécesseurs dans la carrière qu'il parcourt. En un mot, l'esprit humain suit dans le développement des sciences et des arts, une marche déterminée, supérieure aux plus grandes forces intellectuelles, qui n'apparaissent, pour ainsi dire, que comme instrumens destinés à produire à temps nommé les découvertes successives.

En se bornant à considérer les sciences, qu'on peut suivre avec plus de facilité depuis des temps reculés, on voit, en effet, que les grandes époques historiques de chacune d'elles, c'est-à-dire, son passage par l'état théologique, l'état métaphysique, et enfin l'état positif, sont rigoureusement déterminées. Ces trois états se succèdent nécessairement suivant cet ordre fondé sur la nature de l'esprit humain. La transition de l'un à l'autre se fait d'après une marche dont les pas principaux sont analogues pour toutes les sciences, et dont aucun homme de génie ne saurait franchir un seul intermédiaire essentiel. Si, de cette division générale, on passe aux sous-divisions de l'état scientifique ou définitif, on observe encore la même loi. Ainsi, par exemple, la grande découverte de la gravitation universelle a été préparée par les travaux des astronomes et des géomètres du seizième et du dix-septième siècles, principalement par ceux de Kepler et d'Huyghens, sans lesquels elle eût été impossible, et qui ne pouvaient manquer de la produire tôt ou tard.

Il ne saurait donc être douteux, d'après ce qui précède, que la marche de la civilisation, considérée dans ses élémens, ne soit assujétie à une loi naturelle et constante qui domine toutes les divergences humaines particulières. Comme l'état de l'organisation sociale suit nécessairement celui de la civilisation, la même conclusion s'applique donc à la civilisation, envisagée tout à la fois dans son ensemble et dans ses élémens.

Les deux considérations ci-dessus énoncées, suffisent, non pour démontrer complètement la marche nécessaire de la civilisation, mais pour faire sentir son existence, pour montrer la possibilité de déterminer avec précision tous ses attributs en l'étudiant par l'observation approfondie du passé, et de créer ainsi la politique positive.

Il s'agit maintenant de fixer exactement le but pratique de cette science, ses points de contact généraux avec les besoins de la société, et surtout avec la grande réorganisation que réclame si impérieusement l'état actuel du corps social.

Pour cela, il faut d'abord préciser les limites dans lesquelles est renfermée toute action politique réelle.

La loi fondamentale qui régit la marche naturelle de la civilisation, prescrit rigoureusement tous les états successifs par lesquels l'espèce humaine est assujétie à passer dans son développement général. D'un autre côté, cette loi résulte nécessairement de la tendance instinctive de l'espèce humaine à se perfectionner. Par conséquent, elle est autant au-dessus de notre dépendance que les instincts individuels dont la combinaison produit cette tendance permanente.

Comme aucun phénomène connu n'autorise à penser que l'organisation humaine soit sujette à aucun changement capital, la marche de la civilisation qui en dérive est donc essentiellement inaltérable, quant au fond. En termes plus précis, aucun des degrés intermédiaires qu'elle fixe

ne peut être franchi, et aucun pas rétrograde
véritable ne peut être fait.

Seulement, la marche de la civilisation est
modifiable, en plus ou en moins, dans sa vitesse, entre certaines limites, par plusieurs causes
physiques et morales, susceptibles d'estimation.
Au nombre de ces causes, sont les combinaisons
politiques. Tel est le seul sens dans lequel il
soit donné à l'homme d'influer sur la marche
de sa propre civilisation.

Cette action relativement à l'espèce, est tout
à fait analogue à celle qui nous est permise par
rapport à l'individu, analogie qui résulte de l'i-
dentité d'origine. On peut, par des moyens convenables, accélérer ou retarder jusqu'à un certain point limité, le développement d'un instinct individuel; mais on ne peut, ni le détruire,
ni le dénaturer. Il en est de même de l'instinct
de l'espèce, proportion gardée, quant aux limites, de la vie de l'espèce comparée à celle de
l'individu.

La marche naturelle de la civilisation, détermine donc, pour chaque époque, à l'abri de
toute hypothèse, les perfectionnemens que doit
subir l'état social, soit dans ses élémens, soit
dans son ensemble. Ceux-là seuls peuvent s'exécuter, et ils s'exécutent nécessairement, à l'aide
des combinaisons faites par les philosophes et

7

par les hommes d'état, ou malgré ces combinaisons.

Tous les hommes qui ont exercé une action
réelle et durable sur l'espèce humaine, soit au
temporel, soit au spirituel, ont été guidés et
soutenus par cette vérité fondamentale, que
l'instinct ordinaire du génie leur a fait entrevoir,
quoiqu'elle ne soit pas encore établie sur une
démonstration méthodique. Ils ont aperçu à
chaque époque, quels étaient les changemens
qui tendaient à s'effectuer, d'après l'état de la
civilisation, et ils les ont proclamés, en proposant à leurs contemporains les doctrines ou les
institutions correspondantes. Quand leur aperçu
a été très-conforme au véritable état des choses,
les changemens se sont prononcés ou consolidés
presqu'immédiatement. De nouvelles forces sociales, qui, depuis long-temps, se développaient
en silence, ont tout à coup apparu à leurs voix
sur la scène politique avec toute la vigueur de
la jeunesse.

L'histoire n'ayant été écrite et étudiée jusqu'à
présent que dans un esprit superficiel, de telles
coïncidences, des effets aussi frappans, au lieu
d'instruire les hommes, comme il serait naturel
de le supposer, n'ont fait que les étonner. Ces
faits mal vus contribuent même à maintenir
encore la croyance théologique et métaphysi-

que de la puissance indéfinie et créatrice des législateurs sur la civilisation. Ils maintiennent cette idée superstitieuse dans des esprits qui seraient disposés à la rejeter, si elle ne semblait appuyée sur l'observation. Ce fâcheux effet résulte de ce que, dans ces grands événemens, on ne voit que les hommes, et jamais les choses qui les poussent avec une force irrésistible. Au lieu de reconnaître l'influence prépondérante de la civilisation, on regarde les efforts de ces hommes prévoyans comme les véritables causes des perfectionnemens qui se sont opérés, et qui auraient eu également lieu, un peu plus tard, sans leur intervention. On ne se met pas en peine de l'énorme disproportion de la prétendue cause avec l'effet, disproportion qui rendrait l'explication beaucoup plus inintelligible que le fait lui-même. On s'attache à ce qui est apparent, et on néglige le réel, qui est derrière. En un mot, suivant l'ingénieuse expression de madame de Staël, on prend les acteurs pour la pièce.

Une telle erreur est absolument de même nature que celle des Indiens attribuant à Christophe Colomb l'éclipse qu'il avait prévue.

En général, quand l'homme paraît exercer une grande action, ce n'est point par ses propres forces, qui sont extrêmement petites. Ce sont toujours des forces extérieures qui agissent pour lui, d'après des lois sur lesquelles il ne peut rien. Tout son pouvoir réside dans son intelligence, qui le met en état de connaître ces lois par l'observation, de prévoir leurs effets, et, par suite, de les faire concourir au but qu'il se propose, pourvu qu'il emploie ces forces d'une manière conforme à leur nature. L'action une fois produite, l'ignorance des lois naturelles conduit le spectateur, et quelquefois l'acteur lui-même, à rapporter au pouvoir de l'homme ce qui n'est dû qu'à sa prévoyance.

Ces observations générales s'appliquent à une action politique, de la même manière, et par les mêmes raisons qu'à une action physique, chimique et physiologique. Toute action politique est suivie d'un effet réel et durable, quand elle s'exerce dans le même sens que la force de la civilisation, lorsqu'elle se propose d'opérer des changemens que cette force commande actuellement. L'action est nulle, ou, du moins, éphémère, dans toute autre hypothèse.

Le cas le plus vicieux est, sans contredit, celui où le législateur, soit temporel, soit spirituel, agit, à dessein ou non, dans un sens rétrograde. Car, il se constitue alors en opposition avec ce qui seul peut faire sa force. Mais cette marche est tellement le régulateur exact de l'action politique, que cette action est en-

core nulle, malgré la tendance progressive qui
est en sa faveur, quand elle veut avancer plus
qu'il n'est déterminé. L'expérience prouve, en
effet, que le législateur, de quelque puissance
qu'on le suppose revêtu, échoue nécessairement
s'il entreprend d'opérer dés perfectionnemens,
qui sont dans la ligne des progrès naturels de
la civilisation, mais trop au-dessus de son état
actuel. Ainsi, par exemple, les grandes tentatives de Joseph II pour civiliser l'Autriche,
plus que ne le comportait son état présent, ont
été aussi complètement frappées de nullité que
les efforts immenses de Bonaparte pour faire
rétrograder la France vers le régime féodal,
quoique tous deux fussent armés des pouvoirs
arbitraires les plus étendus.

Il suit des considérations précédemment indiquées, que la vraie politique, la politique positive, ne doit pas plus prétendre à gouverner
ses phénomènes, que les autres sciences ne gou-
vernent leurs phénomènes respectifs. Elles ont
renoncé à cette ambitieuse chimère qui carac-
térisa leur enfance, pour se borner à observer
leurs phénomènes et à les lier. La politique doit
faire de même. Elle doit uniquement s'occuper
de coordonner tous les faits particuliers relatifs
à la marche de la civilisation, de les réduire au
plus petit nombre possible de faits généraux,

dont l'enchaînement doit mettre en évidence la loi naturelle de cette marche, en appréciant ensuite l'influence des diverses causes qui peuvent en modifier la vitesse.

L'utilité pratique de cette politique d'observation peut maintenant être précisée avec facilité.

La saine politique ne saurait avoir pour objet de faire marcher l'espèce humaine, qui se meut par une impulsion propre, suivant une loi aussi nécessaire, quoique plus modifiable, que celle de la gravitation. Mais elle a pour but de faciliter sa marche en l'éclairant.

Il y a une fort grande différence entre obéir à la marche de la civilisation sans s'en rendre compte, et y obéir avec connaissance de cause. Les changemens qu'elle commande n'ont pas moins lieu dans le premier cas que dans le second, mais ils se font attendre plus long-temps, et surtout ils ne s'opèrent qu'après avoir produit dans la société de funestes secousses, plus ou moins graves, suivant la nature et l'importance de ces changemens. Or, les froissemens de tout genre qui en résultent pour le corps social, peuvent être évités, en grande partie, par des moyens fondés sur la connaissance exacte des changemens qui tendent à s'effectuer.

Ces moyens consistent à faire que les perfectionnemens, une fois prévus, se prononcent d'une manière directe, au lieu d'attendre qu'ils se soient fait jour, par la seule force des choses, à travers tous les obstacles engendrés par l'ignorance. En d'autres termes, le but essentiel de la politique pratique est, proprement, d'éviter les révolutions violentes qui naissent des entraves mal entendues apportées à la marche de la civilisation, et de les réduire, le plus promptement possible, à un simple mouvement moral, aussi régulier, quoique plus vif, que celui qui agite doucement la société dans les temps ordinaires. Or, pour atteindre ce but, il est évidemment indispensable de connaître, avec la plus grande précision possible, la tendance actuelle de la civilisation, afin d'y conformer l'action politique.

Sans doute, il serait chimérique d'espérer que des mouvemens qui compromettent, plus ou moins, les ambitions et les intérêts de classes entières, puissent s'opérer d'une manière parfaitement calme. Mais il n'est pas moins certain que jusqu'ici on a donné à cette cause beaucoup trop d'importance pour l'explication des révolutions orageuses, dont la violence a tenu, en grande partie, à l'ignorance des lois naturelles qui règlent la marche de la civilisation.

Il n'est que trop ordinaire de voir attribuer à l'égoïsme ce qui ne tient essentiellement qu'à l'ignorance; et cette erreur funeste contribue à entretenir l'irritation parmi les hommes, dans leurs relations privées et générales. Mais, dans le cas actuel, n'est-il pas évident que les hommes entraînés jusqu'à présent à se mettre, de fait, en opposition à la marche de la civilisation, ne l'auraient pas tenté si cette opposition eût été solidement démontrée? Nul n'est assez insensé pour se constituer, sciemment, en insurrection contre la nature des choses. Nul ne se plaît à exercer une action qu'il voit clairement devoir être éphémère. Ainsi, les démonstrations de la politique d'observation sont susceptibles d'agir sur les classes que leurs préjugés et leurs intérêts porteraient à lutter contre la marche de la civilisation.

On ne doit pas, sans doute, exagérer l'influence de l'intelligence sur la conduite des hommes. Mais, certainement, la force de la démonstration a une importance très-supérieure à celle qu'on lui a supposée jusqu'ici. L'histoire de l'esprit humain prouve que cette force a souvent déterminé, à elle seule, des changemens dans lesquels elle avait à lutter contre les plus grandes forces humaines réunies. Pour n'en citer que l'exemple le plus remarquable, c'est la seule puissance des démonstrations positives qui a fait adopter la théorie du mouvement de la terre, qui avait à vaincre non-seulement la résistance du pouvoir théologique, encore si vigoureux à cette époque, mais surtout l'orgueil de l'espèce humaine toute entière, appuyé sur les motifs les plus vraisemblables qu'une idée fausse ait jamais eu en sa faveur. Des expériences aussi décisives devraient nous éclairer sur la force prépondérante qui résulte des démonstrations véritables. C'est principalement parce qu'il n'y en a jamais eu encore dans la politique, que les hommes d'état se sont laissé entraîner dans de si grandes aberrations pratiques. Que les démonstrations paraissent, les aberrations cesseront bientôt.

Mais, d'ailleurs, à ne considérer que les intérêts, il est aisé de sentir que la politique positive doit fournir les moyens d'éviter les révolutions violentes.

En effet, si les perfectionnemens nécessités par la marche de la civilisation ont à combattre certaines ambitions et certains intérêts, il en existe aussi qui leur sont favorables. De plus, par cela même que ces perfectionnemens sont arrivés à leur maturité, les forces réelles en leur faveur sont supérieures aux forces opposées, quoique l'apparence ne l'indique pas toujours ainsi. Or, quand même on douterait, relativement à ces dernières, que la connaissance positive de la marche de la civilisation pût être utile pour les engager à subir avec résignation une loi inévitable, son importance, par rapport aux autres forces, ne saurait évidemment être mise en question. Guidées par cette connaissance, les classes ascendantes, apercevant clairement le but qu'elles sont appelées à atteindre, pourront y marcher d'une manière directe, au lieu de se fatiguer en tâtonnemens et en déviations. Elles combineront avec sûreté les moyens d'annuller d'avance toutes les résistances, et de faciliter à leurs adversaires la transition vers le nouvel ordre des choses. En un mot, le triomphe de la civilisation s'opérera d'une manière à la fois aussi prompte et aussi calme que la nature des choses le permet.

En résumé, la marche de la civilisation ne s'exécute pas, à proprement parler, suivant une ligne droite. Elle se compose d'une suite d'oscillations progressives, plus ou moins étendues et plus ou moins lentes, en-deçà et en-delà d'une ligne moyenne, comparables à celles que présente le mécanisme de la locomotion. Or, ces oscillations peuvent être rendues plus courtes et plus rapides par des combinaisons politiques fondées sur la connaissance du mouvement moyen, qui tend toujours à prédominer. Telle est l'utilité pratique permanente de cette connaissance. Elle a évidemment d'autant plus

d'importance, que les changemens nécessités
par la marche de la civilisation sont eux-mêmes
plus importans. Cette utilité est donc aujour-
d'hui au plus haut degré, puisque la réorganisation sociale qui peut seule terminer la crise
actuelle est la plus complète de toutes les révolutions que l'espèce humaine a éprouvées.

La donnée fondamentale de la politique pratique générale, son point de départ positif, est
donc la détermination de la tendance de la civilisation, afin d'y conformer l'action politique,
et de rendre par là aussi douces et aussi courtes
que possible les crises inévitables auxquelles l'espèce humaine est assujétie dans ses passages
successifs par les différens états de civilisation.

De bons esprits, mais peu familiers avec la
manière de procéder qui convient à l'esprit
humain, tout en reconnaissant la nécessité de
déterminer cette tendance de la civilisation,
pour donner une base solide et positive aux
combinaisons politiques, pourraient penser qu'il
n'est pas indispensable pour la fixer d'étudier la
marche générale de la civilisation depuis son
origine, et qu'il suffit de la considérer dans son
état présent. Cette idée est naturelle, vu la manière rétrécie dont la politique a été envisagée
jusqu'à ce jour. Mais il est facile d'en montrer la
fausseté.

L'expérience a prouvé que, tant que l'esprit de l'homme reste engagé dans une direction positive, il y a beaucoup d'avantages et nul inconvénient à ce qu'il s'élève au plus haut degré de généralité possible, parce qu'il lui est infiniment plus aisé de descendre que de monter. Dans l'enfance de la physiologie positive, on avait commencé par croire que, pour connaître l'organisation humaine, il suffisait d'étudier l'homme uniquement, ce qui était une erreur tout-à-fait analogue à celle dont il est ici question. On a reconnu depuis que, pour se former des idées bien nettes et convenablement étendues de l'organisation humaine, il était indispensable d'envisager l'homme comme un terme de la série animale; et même, par une vue plus générale encore, comme faisant partie de l'ensemble des corps organisés. La physiologie n'est définitivement constituée que depuis que la comparaison des différentes classes d'êtres vivans est largement établie, et qu'elle commence à être régulièrement employée dans l'étude de l'homme.

Il en est, en politique, des divers états de civilisation, comme des organisations diverses en physiologie. Seulement, les motifs qui obligent à considérer les différentes époques de civilisation, sont encore plus directs que ceux qui ont porté les physiologistes à établir la comparaison de toutes les organisations.

Sans doute, une étude de l'état présent de la civilisation, envisagé en lui-même, indépendamment de ceux qui l'ont précédé, est propre à fournir des matériaux très-utiles pour la formation de la politique positive, pourvu que les faits soient observés d'une manière philosophique. Il est même certain que c'est par des études de ce genre que les véritables hommes d'état ont pu jusqu'à présent modifier les doctrines conjecturales qui dirigeaient leur esprit, de façon à les rendre moins discordantes avec les besoins réels de la société. Mais il n'en reste pas moins évident qu'une telle étude est d'une insuffisance totale pour former une vraie politique positive. Il est impossible d'y voir autre chose que des matériaux. En un mot, l'observation de l'état présent de la civilisation, considéré isolément, ne peut pas plus déterminer la tendance actuelle de la société, que ne pourrait le faire l'étude de toute autre époque isolée.

La raison en est, que, pour établir une loi, il ne suffit pas d'un terme, car il faut au moins en avoir trois, afin que la liaison, découverte par la comparaison des deux premiers, et vérifiée par le troisième, puisse servir à trouver le suivant, ce qui est le but final de toute loi.

Lorsqu'en suivant une institution et une idée sociale, ou bien un système d'institutions et une doctrine entière, depuis leur naissance jusqu'à l'époque actuelle ; on trouve que, à partir d'un certain moment, leur empire a toujours été en diminuant ou toujours en augmentant, on peut prévoir avec une complète certitude, d'après cette série d'observations, le sort qui leur est réservé. Dans le premier cas, il sera constaté qu'elles vont en sens contraire de la civilisation, d'où il résultera qu'elles sont destinées à disparaître. Dans le second, au contraire, on conclura qu'elles doivent finir par dominer. L'époque de la chute ou celle du triomphe pourront même être calculées à peu près par l'étendue et la vitesse des variations observées. Une telle étude est donc évidemment une source féconde d'instruction positive.

Mais que peut apprendre l'observation isolée d'un seul état, dant lequel tout est confondu, les doctrines, les institutions, les classes qui descendent, et les doctrines, les institutions, les classes qui montent, sans compter l'action éphémère qui ne tient qu'à la routine du moment? Quelle sagacité humaine pourrait, dans un assemblage aussi hétérogène, ne pas s'exposer à prendre les uns pour les autres, ces élémens opposés? Comment discerner les réalités qui font si peu de bruit, au milieu des fantômes qui s'agitent sur la scène? Il est clair que, dans un tel désordre, l'observateur ne saurait marcher qu'en aveugle s'il n'est guidé par le passé, qui seul peut lui enseigner à diriger son coup-d'œil de manière à voir les choses comme elles sont au fond.

L'ordre chronologique des époques n'est point l'ordre philosophique. Au lieu de dire : le passé, le présent et l'avenir, il faudrait dire : le passé, l'avenir et le présent. Ce n'est, en effet, que lorsque, par le passé, on a conçu l'avenir, qu'on peut revenir utilement sur le présent, qui n'est qu'un point, de façon à saisir son véritable caractère.

Ces considérations, applicables à une époque quelconque, le sont, à bien plus forte raison, à l'époque actuelle. Aujourd'ui, trois systèmes différens co-existent dans le sein de la société; le système théologique et féodal, le système scientifique et industriel, enfin le système transitoire et bâtard des métaphysiciens et des légistes. Il est absolument au-dessus des forces de l'esprit humain d'établir, au milieu d'une telle confusion, une analyse claire et exacte, une statistique réelle et précise du corps social, sans être éclairé par le flambeau du passé. On

pourrait aisément démontrer que d'excellens esprits, faits par leur capacité pour s'élever à une
politique vraiment positive, si leurs facultés
eussent été mieux dirigées, sont restés plongés
dans la métaphysique pour avoir considéré isolément l'état présent des choses, ou même seulement pour n'avoir pas remonté assez haut dans
la série des observations.

Ainsi, l'étude, et l'étude aussi approfondie,
aussi complète que possible, de tous les états par
lesquels la civilisation a passé depuis son origine
jusqu'à présent; leur coordination, leur enchaînement successif, leur composition en faits
généraux propres à devenir des principes, en
mettant en évidence les lois naturelles du développement de la civilisation, le tableau philosophique de l'avenir social, tel qu'il dérive du
passé, c'est-à-dire, la détermination du plan
général de réorganisation destiné à l'époque
actuelle; enfin l'application de ces résultats à
l'état présent des choses, de manière à déterminer la direction qui doit être imprimée à
l'action politique pour faciliter la transition
définitive vers le nouvel état social. Tel est l'ensemble de travaux propres à établir pour la
politique une théorie positive qui puisse ré-
pondre aux besoins immenses et urgens de la
société.

Telle est la première série de recherches théoriques que nous osons proposer aux forces combinées des savans Européens.

Toutes les considérations exposées jusqu'ici ayant suffisamment indiqué l'esprit de la politique positive, sa comparaison avec la politique théologique et métaphysique peut acquérir plus de précision.

En les comparant d'abord sous le point de vue le plus important, par rapport aux besoins actuels de la société, on s'explique facilement la supériorité de la politique positive. Cette supériorité résulte de ce qu'elle *découvre* ce que les autres *inventent*. La politique théologique et métaphysique imaginent le système qui convient à l'état présent de la civilisation, d'après la condition absolue qu'il soit le meilleur possible. La politique positive le détermine par l'observation, uniquement comme devant être celui que la marche de la civilisation tend à produire. D'après cette manière différente de procéder, il serait également impossible et que la politique d'imagination trouvât la véritable réorganisation sociale, et que la politique d'observation ne la trouvât pas. L'une fait les plus grands efforts pour inventer le remède, sans considérer la maladie. L'autre, persuadée que la principale cause de guérison est la force vitale

8

du malade, se borne à prévoir, par l'observation, l'issue naturelle de la crise, afin de la faciliter en écartant les obstacles suscités par l'empirisme.

En second lieu, la politique scientifique peut seule présenter aux hommes une théorie sur laquelle il soit possible de s'entendre, ce qui, en un sens, est la condition la plus importante.

La politique théologique et métaphysique, recherchant le meilleur gouvernement possible, entraînent dans des discussions interminables; car cette question n'est point jugeable. Le régime politique doit être et il est nécessairement en rapport avec l'état de la civilisation; le meilleur, pour chaque époque, est celui qui s'y conforme le mieux. Il n'y a donc pas et il ne saurait y avoir de régime politique absolument préférable à tous autres, il y a seulement des états de civilisation plus perfectionnés les uns que les autres. Les institutions bonnes à une époque, peuvent être et sont même le plus souvent mauvaises à une autre, et réciproquement. Ainsi, par exemple, l'esclavage, qui est aujourd'hui une monstruosité, était certainement, à son origine, une très-belle institution, puisqu'elle avait pour objet d'empêcher le fort d'égorger le faible; c'était un intermédiaire inévitable dans le développement général de la civilisation,

comme nous l'établirons spécialement dans la
seconde partie de ce volume De même, en
sens inverse, la liberté, qui, dans une proportion raisonnable, est si utile à un individu
et à un peuple qui ont atteint un certain
degré d'instruction et contracté quelques habitudes de prévoyance, parce qu'elle permet le
développement de leurs facultés, est très-nui-
sible à ceux qui n'ont pas encore rempli ces deux
conditions, et qui ont indispensablement besoin, pour eux-mêmes autant que pour les autres, d'être tenus en tutelle. Il est donc évident
qu'on ne saurait s'entendre sur la question absolue du meilleur gouvernement possible. Il n'y
aurait d'autre expédient pour rétablir l'harmonie que de proscrire entièrement l'examen du
plan convenu, ainsi que l'a fait la politique théologique, plus conséquente que la politique métaphysique; parce que, ayant duré, elle a dû
remplir les conditions de la durée. On sait que
la métaphysique; en donnant, dans une telle
carrière, un libre essor à l'imagination, a conduit jusqu'à mettre en doute et même à nier
formellement l'utilité de l'état social lui-même
pour le bonheur de l'homme, ce qui rend saillante l'impossibilité de s'entendre sur de telles
questions.

Dans la politique scientifique, au contraire,
le but pratique étant de déterminer le système

que la marche de la civilisation, telle que le passé la montre, tend à produire aujourd'hui, la question est toute positive, et entièrement jugeable par l'observation. Le plus libre examen peut et doit être accordé, sans qu'on ait à craindre les divagations. Au bout d'un certain temps, tous les esprits compétents, et, à leur suite, tous les autres, doivent finir par s'entendre sur les lois naturelles de la marche de la civilisation, et sur le système qui en résulte, quelles qu'aient pu être d'abord leurs opinions spéculatives, comme on a fini par s'entendre sur les lois du système solaire, sur celles de l'organisation humaine, etc.

Enfin, la politique positive est la seule voie par laquelle l'espèce humaine puisse sortir de l'arbitraire, dans lequel elle restera plongée tant que la politique théologique et métaphysique domineront encore.

L'absolu, dans la théorie, conduit nécessairement à l'arbitraire, dans la pratique. Tant que l'espèce humaine est envisagée comme n'ayant pas d'impulsion qui lui soit propre, comme devant la recevoir du législateur, l'arbitraire existe forcément, au plus haut degré, et sous le rapport le plus essentiel, nonobstant les déclamations les plus éloquentes. C'est la nature des choses qui le veut ainsi. L'espèce humaine étant alors laissée à la discrétion du législateur, qui détermine pour elle le meilleur gouvernement possible, l'arbitraire peut bien être restreint dans les détails, mais on ne saurait évidemment le chasser de l'ensemble. Que le législateur suprême soit unique ou multiple, héréditaire ou électif, rien n'est changé à cet égard. La société toute entière se substituerait au législateur, s'il était possible, qu'il en serait encore de même. Seulement, l'arbitraire étant alors exercé par toute la société sur elle-même, les inconveniens deviendraient plus grands que jamais.

Au contraire, la politique scientifique exclut radicalement l'arbitraire, parce qu'elle fait disparaître l'absolu et le vague qui l'ont engendré et qui le maintiennent. Dans cette politique, l'espèce humaine est envisagée comme assujétie à une loi naturelle de développement, qui est susceptible d'être déterminée par l'observation, et qui prescrit, pour chaque époque, de la manière la moins équivoque, l'action politique qui peut être exercée. L'arbitraire cesse donc nécessairement. Le gouvernement des choses remplace celui des hommes. C'est alors qu'il y a vraiment *loi*, en politique, dans le sens réel et philosophique attaché à cette expression par l'illustre Montesquieu. Quelle que soit la forme du gouvernement, dans ses détails, l'arbitraire ne peut reparaître, au moins quant au fond. Tout est fixé, en politique, d'après une loi vraiment souveraine, reconnue supérieure à toutes les forces humaines, puisqu'elle dérive, en dernière analyse, de la nature de notre organisation, sur laquelle on ne saurait exercer aucune action. En un mot, cette loi exclut, avec la même efficacité, l'arbitraire théologique, ou le droit divin des rois, et l'arbitraire métaphysique, ou la souveraineté du peuple.

Si quelques esprits pouvaient voir, dans l'empire suprême d'une telle loi, une transformation de l'arbitraire existant, il faudrait les engager à se plaindre aussi du despotisme inflexible exercé sur toute la nature par la loi de la gravitation, et du despotisme non moins réel, mais plus analogue encore, comme plus modifiable, exercé par les lois de l'organisation humaine, dont celle de la civilisation n'est que le résultat.

Ce qui précède conduit naturellement à assigner avec exactitude les domaines respectifs de l'observation et de l'imagination en politique. Cette détermination achèvera d'esquisser l'esprit général de la nouvelle politique.

Il faut, à cet effet, distinguer deux ordres de travaux : les uns, qui composent proprement la science politique, sont relatifs à la formation du système qui convient à l'époque actuelle; les autres se rapportent à sa propagation.

Dans les premiers, il est clair que l'imagination ne doit jouer qu'un rôle absolument subalterne, toujours aux ordres de l'observation, comme dans les autres sciences. Quant à l'étude du passé, elle peut et doit être employée à inventer des moyens provisoires de lier les faits, jusqu'à ce que les liaisons définitives ressortent directement des faits eux-mêmes, ce qu'il faut toujours avoir en vue. Cet emploi de l'imagination ne doit même porter que sur des faits secondaires, sans quoi il serait évidemment vicieux. En second lieu, la détermination du système d'après lequel la société est aujourd'hui appelée à se réorganiser, doit se conclure presqu'en totalité de l'observation du passé. Cette étude déterminera, non-seulement l'ensemble de ce système, mais aussi les parties les plus importantes, jusqu'à un degré de précision dont les savans seront vraisemblablement étonnés quand ils mettront la main à l'œuvre. Néanmoins, il est certain que la précision obtenue par cette méthode, ne saurait descendre entièrement jusqu'au point où le système pourra être livré aux industriels, pour qu'ils le mettent en activité par leurs combinaisons pratiques, selon le plan indiqué au chapitre précédent. Ainsi, sous ce se-

cond rapport, l'imagination devra encore remplir, dans la politique scientifique, une fonction secondaire, et qui consistera à porter jusqu'au degré de précision nécessaire l'esquisse du
nouveau système, dont l'observation aura déterminé le plan général et les traits caractéris-
tiques.

Mais il est un autre genre de travaux, également indispensables au succès définitif de la
grande entreprise de réorganisation, quoique
subordonnés aux précédens, et dans lesquels
l'imagination retrouve son plein et entier
exercice.

Dans la détermination du système nouveau,
il est nécessaire de faire abstraction des avantages ou des inconvéniens de ce système. Là
question principale, la question unique, doit
être : Quel est, d'après l'observation du passé,
le système social destiné à s'établir aujourd'hui
par la marche de la civilisation? Ce serait tout
brouiller, et même manquer le but, que de
s'occuper, d'une manière importante, de la
bonté de ce système. On devra se borner à concevoir, en thèse générale, que l'idée positive
de bonté et celle de conformité avec l'état de
la civilisation, se confondant, à leur origine,
on est certain d'avoir le meilleur système praticable aujourd'hui, en cherchant quel est le

plus conforme à l'état de la civilisation. L'idée de bonté n'étant pas positive par elle-même, et ne le devenant que par sa relation avec la seconde, c'est donc à celle-ci qu'il faut uniquement s'attacher comme but direct des recherches, sans quoi la politique ne deviendrait pas positive. L'indication des avantages du nouveau système, de sa supériorité sur les précédens sous ce rapport, ne doit être qu'une chose tout-à-fait secondaire, sans aucune influence sur la direction des travaux.

Il est incontestable que, par une telle manière de procéder, on sera certain de fonder une politique vraiment positive, et vraiment en harmonie avec les grands besoins de la société. Mais, si c'est dans un tel esprit que le nouveau système doit être déterminé, il est clair que ce n'est pas sous une telle forme qu'il doit être présenté à la société pour entraîner son adoption définitive, car cette forme est fort loin d'être la plus propre à provoquer cette adhésion.

Pour qu'un nouveau système social s'établisse, il ne suffit pas qu'il ait été conçu convenablement, il faut encore que la masse de la société se passionne pour le constituer. Cette condition n'est pas seulement indispensable pour vaincre les résistances plus ou moins fortes

que ce système doit rencontrer dans les classes
en décadence. Elle l'est, surtout, pour satisfaire ce besoin moral d'exaltation inhérent à
l'homme, quand il entre dans une carrière
nouvelle; sans cette exaltation, il ne pourrait
ni vaincre son inertie naturelle, ni secouer le
joug si puissant des anciennes habitudes, ce
qui, néanmoins, est nécessaire pour laisser à
toutes ses facultés, dans leur nouvel emploi, un
libre et plein développement. Une telle nécessité se montrant toujours dans les cas les moins
compliqués, il serait contradictoire qu'elle n'eût
pas lieu dans les changemens les plus complets
et les plus importants, dans ceux qui doivent
modifier le plus profondément l'existence humaine. Aussi, toute l'histoire dépose-t-elle en
faveur de cette vérité.

Cela posé, il est clair que la manière dont le
nouveau système pourra et devra être conçu et
présenté par la politique scientifique, n'est nullement propre directement à remplir cette condition indispensable.

On ne passionnera jamais la masse des hommes pour un système quelconque, en leur prou-
vant qu'il est celui dont la marche de la civilisation, depuis son origine, a préparé l'établissement, et qu'elle appelle aujourd'hui à diriger
la société. Une telle vérité est à la portée d'un

trop petit nombre d'esprits, et exige même de
leur part une trop longue suite d'opérations intellectuelles pour qu'elle puisse jamais passion-
ner. Seulement, elle produira, dans les savans,
cette conviction profonde et opiniâtre, résultat
nécessaire des démonstrations positives, et qui
offre plus de résistance, mais par cela même
aussi moins d'activité, que la persuasion vive et
entraînante produite par les idées qui émeuvent
les passions.

Le seul moyen d'obtenir ce dernier effet, consiste à présenter aux hommes le tableau animé
des améliorations que doit apporter dans la condition humaine le nouveau système, envisagé
sous tous les points de vue différents, et abstraction faite de sa nécessité et de son opportunité.
Cette perspective peut seule déterminer les
hommes à faire en eux-mêmes la révolution morale nécessaire pour que le nouveau système
puisse s'établir. Elle seule peut refouler l'é-
goïsme, devenu prédominant par la dissolution
de l'ancien système, et qui, lorsque les idées
auront été éclaircies par les travaux scientifiques,
sera le seul grand obstacle au triomphe du nouveau. Elle seule enfin peut tirer la société de
l'apathie, et lui imprimer, d'ensemble, cette
activité qui doit devenir permanente, dans un

état social qui tiendra toutes les facultés de l'homme en action continue.

Voilà donc un ordre de travaux dans lequel l'imagination doit jouer un rôle prépondérant. Son action ne saurait avoir aucun inconvénient, puisqu'elle s'exercera dans la direction établie par les travaux scientifiques, puisqu'elle se proposera pour but, non l'invention du système à constituer, mais l'adoption de celui qui aura été déterminé par la politique positive. Ainsi lancée, l'imagination doit être entièrement livrée à elle-même. Plus son allure sera franche et libre, plus l'action indispensable qu'elle doit exercer sera complète et salutaire.

Telle est la part spéciale réservée aux beaux-arts dans l'entreprise générale de la réorganisation sociale. Ainsi concourront à cette vaste entreprise toutes les forces positives; celle des savans, pour déterminer le plan du nouveau système; celle des artistes, pour provoquer l'adoption universelle de ce plan; celle des industriels, pour mettre le système en activité immédiate, par l'établissement des institutions pratiques nécessaires. Ces trois grandes forces se combineront alors entr'elles pour constituer le nouveau système, comme elles le feront, quand il sera formé, pour son application journalière.

Ainsi, en dernière analyse, la politique positive investit l'observation de la suprématie accordée à l'imagination par la politique conjecturale, dans la détermination du système social convenable à l'époque actuelle. Mais, en même temps, elle confie à l'imagination un nouveau rôle, bien supérieur, aujourd'hui, à celui qu'elle a dans la politique théologique et métaphysique, où, quoique souveraine, elle languit, depuis que l'espèce humaine s'est rapprochée de l'état positif, dans un cercle d'idées usées et de tableaux monotones.

Après avoir esquissé l'esprit général de la politique positive, il est utile de jeter un coup-d'œil sommaire sur les principales tentatives faites jusqu'à ce moment dans le but d'élever la politique au rang des sciences d'observation. Il en résultera le double avantage, de constater, par le fait, la maturité d'une telle entreprise, et d'éclaircir encore l'esprit de la nouvelle politique, en le présentant sous plusieurs points de vue distincts de ceux précédemment indiqués.

C'est à Montesquieu que doit être rapporté le premier effort direct pour traiter la politique comme une science de faits et non de dogmes. Tel est, évidemment, le but véritable de l'*Esprit des lois*, aux yeux de quiconque a compris cet ouvrage. L'admirable début dans lequel l'idée générale de *loi* est présentée, pour la première fois, d'une manière vraiment philosophique, suffirait seul pour constater un tel dessein. Il est clair que Montesquieu s'est essentiellement proposé de rallier, autant que possible, sous un certain nombre de chefs principaux, tous les faits politiques dont il avait connaissance, et de mettre en évidence les lois de leur enchaînement.

S'il s'agissait ici d'apprécier le mérite d'un tel travail, il faudrait le juger d'après l'époque de son exécution. On verrait alors qu'il constate, de la manière la plus formelle, la supériorité philosophique de Montesquieu sur tous ses contemporains. S'être affranchi de l'esprit critique, dans le temps où il exerçait, jusque sur les plus fortes têtes, l'empire le plus despotique; avoir profondément senti le vide de la politique métaphysique et absolue, avoir éprouvé le besoin d'en sortir, au moment même où elle prenait, entre les mains de Rousseau, sa forme définitive, sont des preuves décisives de cette supériorité.

Mais, malgré la capacité de premier ordre dont Montesquieu a fait preuve, et qui sera de plus en plus sentie, il est évident que ses travaux sont bien loin d'avoir élevé la politique au rang des sciences positives. Ils n'ont nullement satisfait aux conditions fondamentales indispensables pour que ce but puisse être atteint, et qui ont été ci-dessus exposées.

Montesquieu n'a pas aperçu le grand fait général qui domine tous les phénomènes politiques, dont il est le véritable régulateur, le développement naturel de la civilisation. Il en est résulté que ses recherches ne sauraient être employées, dans la formation de la politique positive, autrement que comme matériaux, comme recueil d'observations et d'aperçus. Car, les idées générales qui lui ont servi à lier les faits, ne sont point positives.

Malgré les efforts évidens de Montesquieu pour se dégager de la métaphysique, il n'a pu y parvenir, et c'est d'elle, incontestablement, qu'il a déduit sa conception principale. Cette conception a le double défaut d'être dogmatique au lieu d'être historique, c'est-à-dire, de ne pas avoir égard à la succession nécessaire des divers états politiques; et, en second lieu, de donner une importance exagérée à un fait secondaire, la forme du gouvernement. Aussi le rôle prépondérant que Montesquieu a fait jouer à cette idée, est-il purement d'imagination, et en contradiction avec l'ensemble des observations les plus connues. En un mot, les faits politiques n'ont pas été vraiment *liés* par Montesquieu, comme ils doivent l'être dans toute science positive. Ils n'ont été que *rapprochés* d'après des vues hypothétiques, contraires, le plus souvent, à leurs rapports réels.

La seule partie importante des travaux théoriques de Montesquieu, qui soit véritablement dans une direction positive, est celle qui a pour objet de déterminer l'influence politique des circonstances physiques locales, agissant d'une manière continue, et dont l'ensemble peut être désigné sous le nom de climat. Mais il est aisé de voir que, même sous ce rapport, les idées produites par Montesquieu ne peuvent être employées qu'après avoir été totalement refondues, par suite du vice général qui caractérise sa manière de procéder.

Il est, en effet, bien reconnu, aujourd'hui, par tous les observateurs, que Montesquieu a beaucoup exagéré, sous plusieurs rapports, l'influence des climats. Cela est inévitable.

Sans doute, le climat exerce une action très-réelle et très-importante à connaître sur les phénomènes politiques. Mais cette action n'est qu'indirecte et secondaire. Elle se borne à accélérer ou à retarder jusqu'à un certain point, la marche naturelle de la civilisation, qui ne peut nullement être dénaturée par ces modificacations. Cette marche reste effectivement la

même, au fond, dans tous les climats, à la vitesse
près, parce qu'elle tient à des lois plus générales,
celles de l'organisation humaine, qui sont essentiellement uniformes dans les diverses loca-
lités. Puis donc que l'influence du climat sur
les phénomènes politiques n'est que modifica-
trice à l'égard de la marche naturelle de la civilisation, qui conserve son caractère de loi
suprême, il est clair que cette influence ne saurait être étudiée avec fruit et convenablement
appréciée, qu'après la détermination de cette
loi. Si l'on voulait considérer la cause indirecte
et subordonnée avant la cause directe et principale, une telle infraction à la nature de l'esprit humain aurait pour résultat inévitable de
donner une idée absolument fausse de l'influence de la première, en la faisant confondre
avec celle de la seconde. C'est ce qui est arrivé
à Montesquieu.

La réflexion précédente sur l'influence du
climat est, évidemment, applicable à celle de
toutes les autres causes quelconques, qui peuvent modifier la marche de la civilisation dans
sa vitesse, sans l'altérer essentiellement. Cette
influence ne pourra être déterminée avec exactitude, que lorsque les lois naturelles de la civilisation auront été établies, en y faisant d'abord
abstraction de toutes ces modifications. Les as-

9

tronomes ont commencé par étudier les lois des
mouvements planétaires, abstraction faite des
perturbations. Quand ces lois ont été découvertes, les modifications ont pu être déterminées, et même ramenées au principe qui n'avait
été d'abord établi que sur le mouvement principal. Si on eût voulu, dès l'origine, tenir compte
de ces irrégularités, il est clair qu'aucune théorie exacte n'aurait jamais pu être formée. Il en
est absolument de même dans le cas présent.

L'insuffisance de la politique de Montesquieu
se vérifie clairement dans ses applications aux
besoins de la société.

La nécessité d'une réorganisation sociale dans
les pays les plus civilisés, était aussi réelle à
l'époque de Montesquieu qu'elle l'est aujour-
d'hui. Car, le système féodal et théologique était
déjà détruit dans ses bases fondamentales. Les
événemens qui se sont développés depuis, n'ont
fait que rendre cette nécessité plus sensible et
plus urgente, en complétant la destruction de
l'ancien système. Néanmoins, Montesquieu n'a
pas donné pour but pratique à ses travaux la
conception d'un nouveau système social. Comme il n'avait pas lié les faits politiques d'après
une théorie propre à mettre en évidence le besoin d'un système nouveau dans l'état que la

société avait atteint, et, en même temps, à déterminer le caractère général de ce système, il a dû se borner, et il s'est borné, quant à la pratique, à indiquer des améliorations de détail, conformes à l'expérience, et qui n'étaient que de simples modifications, plus ou moins importantes, du système théologique et féodal.

Sans doute, Montesquieu a montré par là une sage retenue, en renfermant ses idées pratiques dans les limites que les faits lui imposaient, à la manière imparfaite dont il les avait étudiés, lorsqu'il lui eût été, au contraire, si facile d'inventer des utopies. Mais il a constaté en même temps, d'une manière décisive, l'insuffisance d'une théorie qui n'était pas susceptible de correspondre aux besoins les plus essentiels de la pratique.

Ainsi, en résumé, Montesquieu a senti la nécessité de traiter la politique à la manière des sciences d'observation; mais il n'a pas conçu le travail général qui doit lui imprimer ce caractère. Ses recherches n'en ont pas moins eu la plus grande importance. Elles ont facilité à l'esprit humain les moyens de combiner les idées politiques, en lui présentant une grande masse de faits, rapprochés d'après une théorie qui, fort éloignée encore de l'état positif, en était cependant beaucoup plus près que toutes celles précédemment produites.

La conception générale du travail propre à élever la politique au rang des sciences d'observation, a été découverte par Condorcet. Il a vu nettement, le premier, que la civilisation est assujétie à une marche progressive dont tous les pas sont rigoureusement enchaînés les uns aux autres suivant des lois naturelles, que peut dévoiler l'observation philosophique du passé, et qui déterminent, pour chaque époque, d'une manière entièrement positive, les perfectionnemens que l'état social est appelé à éprouver, soit dans ses parties, soit dans son ensemble. Non-seulement Condorcet a conçu par là le moyen de donner à la politique une vraie théorie positive, mais il a tenté d'établir cette théorie en exécutant l'ouvrage intitulé : *Esquisse d'un tableau historique des progrès de l'esprit humain*, dont le titre seul et l'introduction suffiraient pour assurer à son auteur l'honneur éternel d'avoir créé cette grande idée philosophique.

Si cette découverte capitale est jusqu'ici demeurée entièrement stérile, si elle n'a fait encore presque aucune sensation, si personne n'a marché dans la ligne que Condorcet a indiquée, si, en un mot, la politique n'est point devenue po-

sitive, il faut l'attribuer, en grande partie, à ce
que l'esquisse tracée par Condorcet a été exécutée dans un esprit absolument contraire au
but de ce travail. Il en a entièrement méconnu
les conditions les plus essentielles, de telle sorte
que l'ouvrage est à refondre en totalité. C'est ce
qu'il importe d'établir.

En premier lieu, la distribution des époques,
est, dans un travail de cette nature, la partie la
plus importante du plan, ou, pour mieux dire,
elle constitue à elle seule le plan lui-même, considéré dans sa plus grande généralité, car elle
fixe le mode principal de coordination des faits
observés. Or, la distribution adoptée par Condorcet est absolument vicieuse, en ce qu'elle ne
satisfait pas même à la plus palpable des conditions, celle de présenter une série homogène.
On voit que Condorcet n'a nullement senti l'importance d'une disposition philosophique des
époques de la civilisation. Il n'a pas vu que cette
disposition doit être elle-même l'objet d'un premier travail général, le plus difficile de ceux
auxquels la formation de la politique positive
doit donner lieu. Il a cru pouvoir coordonner
convenablement les faits en prenant, presqu'au
hasard, pour origine de chaque époque, un
événement remarquable, tantôt industriel, tantôt scientifique, tantôt politique. En procédant

ainsi, il ne sortait pas du cercle des historiens littérateurs. Il lui était impossible de former une vraie théorie, c'est-à-dire, d'établir entre les faits un enchaînement réel, puisque ceux qui devaient servir à lier tous les autres étaient déjà isolés entre eux.

Les naturalistes, étant de tous les savans ceux qui ont à former les classifications les plus étendues et les plus difficiles, c'est entre leurs mains que la méthode générale des classifications a dû faire ses plus grands progrès. Le principe fondamental de cette méthode est établi, depuis qu'il existe, en botanique et en zoologie, des classifications philosophiques, c'est-à-dire, fondées sur des rapports réels, et non sur des rapprochemens factices. Il consiste en ce que l'ordre de généralité des différens degrés de division, soit, autant que possible, exactement conforme à celui des rapports observés entre les phénomènes à classer. De cette manière, la hiérarchie des familles, des genres, etc., n'est autre chose que l'énoncé d'une série coordonnée de faits généraux, partagée en différens ordres de suites, de plus en plus particulières. En un mot, la classification n'est alors que l'expression philosophique de la science, dont elle suit les progrès. Connaître la classification, c'est connaître

la science, au moins dans sa partie la plus importante.

Ce principe est applicable à une science quelconque. Ainsi, la science politique se constituant à l'époque où il a été découvert, employé,
et solidement vérifié, elle doit profiter de cette
idée philosophique trouvée par d'autres sciences, en la prenant pour guide dans sa distribution des divers âges de la civilisation. Les motifs pour disposer, dans l'histoire générale de
l'espèce humaine, les différentes époques de
civilisation dans l'ordre de leurs rapports naturels, sont absolument semblables à ceux des
naturalistes pour ranger d'après la même loi
les organisations animales et végétales. Seulement, ils ont encore plus de force.

Car, si une bonne coordination des faits est
fort importante dans une science quelconque,
elle est tout dans la science politique, qui, sans
cette condition, manquerait entièrement son but
pratique. Ce but est, comme on sait, de déterminer, par l'observation du passé, le système
social que la marche de la civilisation tend à
produire aujourd'hui. Or, cette détermination
ne peut résulter que d'une bonne coordination
des états de civilisation antérieurs, qui fasse
ressortir la loi de cette marche. Il est clair, d'a-
près cela, que les faits politiques, quelque im-

portans qu'ils puissent être, n'ont de valeur pratique réelle que par leur coordination, tandis que, dans les autres sciences, la connaissance des faits a, le plus souvent, par elle-même, une première utilité, indépendante du mode de leur enchaînement.

Ainsi, les diverses époques de la civilisation, au lieu d'être distribuées sans ordre, d'après des événemens plus ou moins importants, comme l'a fait Condorcet, doivent être disposées d'après le principe philosophique, déjà reconnu par tous les savans comme devant présider aux classifications quelconques. La division principale des époques doit présenter l'aperçu le plus général de l'histoire de la civilisation. Les divisions secondaires, à quelque degré qu'on juge convenable de les pousser, doivent offrir successivement des aperçus de plus en plus précis de cette même histoire. En un mot, la table des époques doit être arrêtée de manière à offrir, par elle seule, l'expression abrégée de l'ensemble du travail. Sans cela, on n'aurait fait qu'un travail purement provisoire, n'ayant qu'une valeur de matériaux, avec quelque perfection qu'il fût exécuté.

C'est assez dire qu'une telle division ne saurait être inventée, et que, même dans son plus haut degré de généralité, elle ne peut résulter que d'une première ébauche du tableau, d'un premier coup-d'œil sur l'histoire générale de la civilisation. Sans doute, quelqu'importante, quelqu'indispensable que soit cette manière de procéder, pour la formation de la politique positive, elle serait impraticable, et il faudrait se résigner à ne faire d'abord qu'un travail simplement provisoire, si ce travail ne se trouvait déjà suffisamment préparé. Mais les histoires écrites jusqu'à ce jour, et surtout celles qui ont été produites depuis environ un demi-siècle, quoique fort éloignées d'avoir été conçues dans l'esprit convenable, présentent à peu près l'équivalent de cette collection préliminaire de matériaux. On peut donc s'occuper directement d'une coordination définitive.

Nous avons présenté dans le chapitre précédent, mais seulement sous le rapport spirituel, un aperçu général qui nous paraît remplir les conditions ci-dessus exposées pour la division principale du passé. Il est le résultat d'une première étude philosophique sur l'ensemble de l'histoire de la civilisation.

Nous croyons que cette histoire peut être partagée en trois grandes époques, ou états de civilisation, dont le caractère est parfaitement distinct, au temporel et au spirituel. Elles embrassent la civilisation considérée à la fois dans ses élémens et dans son ensemble, ce qui est, évidemment, d'après les vues indiquées plus haut, une condition indispensable.

La première est l'époque théologique et militaire.

Dans cet état de la société, toutes les idées théoriques, tant générales que particulières, sont d'un ordre purement surnaturel. L'imagination domine franchement et complétement sur l'observation, à laquelle tout droit d'examen est interdit.

De même, toutes les relations sociales, soit particulières, soit générales, sont franchement et complétement militaires. La société a pour but d'activité unique et permanent, la conquête. Il n'y a d'insdustrie que ce qui est indispensable pour l'existence de l'espèce humaine. L'esclavage pur et simple des producteurs est la principale institution.

Tel est le premier grand système social produit par la marche naturelle de la civilisation. Il a existé dans ses éléments, à partir de la première formation des sociétés régulières et permanentes. Il ne s'est complétement établi dans son ensemble, qu'après une longue suite de générations.

La seconde époque est l'époque métaphysique et légiste. Son caractère général est de n'en avoir aucun bien tranché. Elle est intermédiaire et bâtarde, elle opère une transition.

Sous le rapport spirituel, elle a déjà été caractérisée dans le chapitre précédent. L'observation est toujours dominée par l'imagination, mais elle est admise à la modifier entre certaines limites. Ces limites sont ensuite reculées successivement, jusqu'à ce que l'observation conquière enfin le droit d'examen sur tous les points. Elle l'obtient d'abord sur toutes les idées théoriques particulières, et, peu à peu, par l'usage qu'elle en fait, elle finit par l'acquérir aussi sur les idées théoriques générales, ce qui est le terme naturel de la transition. Ce temps est celui de la critique et de l'argumentation.

Sous le rapport temporel, l'industrie a pris plus d'extension, sans être encore prédominante. Par suite, la société n'est plus franchement militaire, et n'est pas encore franchement industrielle, soit dans ses élémens, soit dans son ensemble. Les relations sociales particulières sont modifiées. L'esclavage individuel n'est plus direct; le producteur, encore esclave, commence à obtenir quelques droits de la part du militaire. L'industrie fait de nouveaux progrès, ils aboutissent enfin à l'abolition totale de l'esclavage individuel. Après cet affranchissement, les producteurs restent encore soumis à l'arbi-

traire collectif. Cependant, les relations sociales
générales commencent bientôt à se modifier
aussi. Les deux buts d'activité, la conquête et
la production, sont menés de front. L'industrie
est d'abord ménagée et protégée comme moyen
militaire. Plus tard, son importance augmente,
et la guerre finit par être conçue, à son tour,
systématiquement, comme moyen de favoriser
l'industrie, ce qui est le dernier état de ce régime intermédiaire.

Enfin, la troisième époque est l'époque scientifique et industrielle. Toutes les idées théoriques particulières sont devenues positives, et les
idées générales tendent à le devenir. L'observation a dominé l'imagination, quant aux premières, et elle l'a détrônée, sans avoir encore
aujourd'hui pris sa place, quant aux secondes.

Au temporel, l'industrie est devenue prépondérante. Toutes les relations particulières
se sont établies peu à peu sur des bases industrielles. La société, prise collectivement, tend
à s'organiser de la même manière, en se donnant pour but d'activité unique et permanent,
la production.

En un mot, cette dernière époque est déjà
écoulée, quant aux élémens, et elle est prête
à commencer, quant à l'ensemble. Son point de
départ direct date de l'introduction des sciences

positives en Europe par les Arabes, et de l'affranchissement des communes, c'est-à-dire, du onziéme siècle environ.

Pour prévenir toute obscurité dans l'application de cet aperçu général, il faut ne jamais perdre de vue que la civilisation a dû marcher, quant aux élémens spirituels et temporels de l'état social, avant de marcher, quant à l'ensemble. Par suite, les trois grandes époques successives ont nécessairement commencé plutôt pour les élémens que pour l'ensemble, ce qui pourrait occasionner quelque confusion, si on ne se rendait compte, avant tout, de cette différence inévitable.

Tels sont donc les caractères principaux des trois époques dans lesquelles on peut partager toute l'histoire de la civilisation, depuis le temps où l'état social a commencé à prendre une véritable consistance jusqu'à présent. Nous osons proposer aux savans cette première division du passé, qui nous paraît remplir les grandes conditions d'une bonne classification de l'ensemble des faits politiques.

Si elle est adoptée, il faudra trouver au moins une sous-division, pour qu'il soit possible d'exécuter convenablement une première esquisse du grand tableau historique. La division principale facilitera la découverte de celles qui devront lui succéder, en fournissant les moyens de considérer les phénomènes d'une manière générale et positive tout à la fois. Il est clair aussi que ces diverses sous-divisions, d'après le principe fondamental des classifications, devront être entièrement conçues dans le même esprit que la division principale, et n'en présenter qu'un simple développement.

Après avoir examiné le travail de Condorcet, quant à la distribution des époques, il faut l'envisager par rapport à l'esprit qui a présidé à son exécution.

Condorcet n'a pas vu que le premier effet direct d'un travail pour la formation de la politique positive, devait être, de toute nécessité, de faire disparaître irrévocablement la philosohie critique du dix-huitième siècle, en tournant toutes les forces des penseurs vers la réorganisation de la société, but pratique d'un tel travail. Il n'a pas senti, par conséquent, que la condition préliminaire la plus indispensable à remplir pour celui qui voulait exécuter cette importante entreprise, était de se dépouiller, autant que possible, des préjugés critiques introduits dans toutes les têtes par cette philosophie. Au lieu de cela, il s'est laissé dominer aveuglement par ces préjugés, il a condamné le passé au lieu de l'observer ; et, par suite, son ouvrage n'a été qu'une longue et fatigante déclamation, dont il ne résulte réellement aucune instruction positive.

L'admiration et l'improbation des phénomènes doivent être bannies avec une égale sévérité de toute science positive, parce que chaque préoccupation de ce genre a pour effet direct et inévitable d'empêcher ou d'altérer l'examen. Les astronomes, les physiciens, les chimistes et les physiologistes, n'admirent ni ne blâment leurs phénomènes respectifs, ils les observent, quoique ces phénomènes puissent donner une ample matière aux considérations de l'un et l'autre genre, comme il y en a eu beaucoup d'exemples. Les savans laissent avec raison de tels effets aux artistes, dans le domaine desquels ils tombent réellement.

Il en doit être, sous ce rapport, dans la politique comme dans les autres sciences. Seulement, cette réserve y est beaucoup plus nécessaire, précisément parce qu'elle y est plus difficile, et qu'elle altère l'examen plus profondément, attendu que, dans cette science, les phénomènes touchent aux passions de bien plus près que dans toute autre. Ainsi, sous ce seul rapport, l'esprit critique auquel Condorcet s'est laissé entraîner, est directement contraire à celui qui doit régner dans la politique scientifique, quand même tous les reproches qu'il adresse au passé seraient exactement fondés. Mais il y a plus.

Sans doute, suivant une remarque déjà faite dans ce chapitre, les combinaisons pratiques des hommes d'état n'ent pas toujours été conçues de la manière convenable, et souvent même elles ont été dirigées en sens contraire de la civilisation. Si l'on précise cette remarque, on voit qu'elle se borne, pour tous les cas, à ce que les hommes d'état ont cherché à prolonger, au-delà de leur terme naturel, des doctrines et des institutions qui n'étaient plus en harmonie avec l'état de la civilisation; et, certes, une telle erreur paraîtra fort excusable, en considérant que jusqu'ici il n'y a eu aucun moyen positif de la reconnaître. Mais transporter à des systèmes entiers d'institutions et d'idées ce qui n'est relatif qu'à des faits secondaires; montrer, par exemple, comme n'ayant jamais été qu'un obstacle à la civilisation, le système féodal et théologique, dont l'établissement a été, au contraire, le plus grand progrès provisoire de la société, et sous l'heureuse influence duquel elle a fait tant de conquêtes définitives; représenter, pendant une longue suite de siècles, les classes placées à la tête du mouvement général comme occupées à suivre une conspiration permanente contre

l'espèce humaine; un tel esprit, aussi absurde
dans son principe que révoltant dans ses conséquences, est un résultat insensé de la philosophie du siècle dernier, à l'empire de laquelle il
est déplorable qu'un homme tel que Condorcet
n'ait pu se soustraire.

Cette absurdité, née de l'impuissance d'apercevoir dans toutes ses parties principales l'enchaînement naturel des progrès de la civilisation,
en rend évidemment l'explication impossible.
Aussi, le travail de Condorcet présente-t-il une
contradiction générale et continue.

D'un côté, il proclame hautement que l'état
de la civilisation au dix-huitième siècle est infiniment supérieur, sous une foule de rapports,
à ce qu'elle était à l'origine. Mais ce progrès
total ne saurait être que la somme des progrès
partiels faits par la civilisation dans tous les
états intermédiaires précédents. Or, d'un autre
côté, en examinant successivement ces divers
états, Condorcet les présente, presque toujours,
comme ayant été, sous les points de vue les
plus essentiels, des temps de rétrogradation. Il
y a donc miracle perpétuel, et la marche progressive de la civilisation devient un effet sans
cause.

Un esprit absolument opposé doit dominer
dans la vraie politique positive.

10

Les institutions et les doctrines doivent être regardées comme ayant été, à toutes les époques, aussi parfaites que le comportait l'état présent de la civilisation ; ce qui ne saurait être autrement, au bout d'un certain temps, du moins, puisqu'elles sont nécessairement déterminées par lui. De plus, dans leur période de pleine vigueur, elles ont toujours eu le caractère progressif, et en aucun cas, elles n'ont eu le caractère rétrograde, car elles n'auraient pas pu tenir contre la marche de la civilisation, dont elles empruntent toutes leurs forces. Seulement, dans leurs époques de décadence, elles ont eu ordinairement le caractère stationnaire, ce qui s'explique de soi-même, en partie, par la répugnance à la destruction, aussi naturelle aux systèmes politiques qu'aux individus, et, en partie, par l'état d'enfance dans lequel la politique a été jusqu'ici.

Il faut considérer de la même manière les passions développées aux diverses époques par les classes dirigeantes. Dans les temps de leur virilité, les forces sociales prépondérantes sont nécessairement généreuses, car elles n'ont plus à acquérir et elles ne craignent pas encore de perdre. C'est uniquement lorsque leur décadence se manifeste, qu'elles deviennent égoïstes, parce que tous leurs efforts ont pour objet de conserver un pouvoir dont les bases sont détruites.

Ces divers aperçus sont évidemment conformes aux lois de la nature humaine, et ils permettent seuls d'expliquer d'une manière satisfaisante les phénomènes politiques. Ainsi, en dernière analyse, au lieu de voir dans le passé un tissu de monstruosités, on doit être porté, en thèse générale, à regarder la société comme ayant été, le plus souvent, aussi bien dirigée, sous tous les rapports, que la nature des choses le permettait.

Si quelques faits particuliers semblent d'abord contredire ce fait général, il est toujours plus philosophique de chercher à rétablir la liaison, que de s'en dispenser en proclamant, d'après le premier coup-d'œil, la réalité de cette opposition. Car, ce serait s'écarter entièrement de toute subordination scientifique bien entendue que de faire régir le fait le plus important et le plus souvent vérifié par un fait secondaire et moins fréquent.

Il est, du reste, évident, qu'il faut se garder, autant que possible, de toute exagération dans l'emploi de cette idée générale, comme de toute autre.

On trouvera, sans doute, quelque ressemblance entre l'esprit de la politique positive, envisagé sous ce point de vue, et le fameux dogme théologique et métaphysique de l'optimisme. L'analogie est réelle, au fond. Mais il y a la différence incommensurable, d'un fait général observé, à une idée hypothétique et purement d'invention. La distance est encore plus sensible dans les conséquences.

Le dogme théologique et métaphysique, en proclamant, d'une manière absolue, que tout est aussi bien qu'il peut jamais être, tend à rendre l'espèce humaine stationnaire, en lui ôtant toute perspective d'amélioration réelle. L'idée positive, que, pour un temps durable, l'organisation sociale est toujours aussi parfaite que le comporte, à chaque époque, l'état de la civilisation, loin d'arrêter le désir des améliorations, ne fait, au contraire, que lui imprimer une impulsion pratique plus efficace, en dirigeant vers leur but véritable, le perfectionnement de la civilisation, des efforts qui seraient restés sans effet, si on les eût dirigés immédiatement sur l'organisation sociale. D'ailleurs, comme il n'y a dans une telle idée rien de mystique ni d'absolu, elle engage l'homme à rétablir l'harmonie entre le régime politique et l'état de la civilisation, dans le cas prévu où cette relation nécessaire est momentanément dérangée. Seulement elle éclaire cette opération, en avertissant de ne pas prendre dans une telle liaison l'effet pour la cause.

Il est utile d'observer sur cette analogie, que ce n'est pas la seule fois que la philosophie positive s'approprie, par une transformation convenable, une idée générale primitivement inventée par la philosophie théologique et métaphysique. Les véritables idées générales ne perdent jamais leur valeur comme moyen de raisonnement, quelque vicieux que soit leur entourage. La marche ordinaire de l'esprit humain est de les approprier à ses différents états, en transformant leur caractère. C'est ce qu'on peut vérifier dans toutes les révolutions qui ont fait passer les diverses branches de nos connaissances à l'état positif.

Ainsi, par exemple, la doctrine mystique de l'influence des nombres, née de l'école pythagoricienne, a été réduite par les géomètres à cette idée simple et positive : des phénomènes peu compliqués sont susceptibles d'être ramenés à des lois mathématiques. De même encore, la doctrine des causes finales a été convertie par les physiologistes dans le principe des conditions d'existence. Les deux idées positives diffèrent, sans doute, extrêmement des deux idées théologiques et métaphysiques. Mais celles-ci n'en sont pas moins le germe évident des premières. Une opération philosophique bien dirigée a suffi pour donner le caractère positif à ces deux aperçus hypothétiques, produits du génie dans l'enfance de la raison humaine. Cette transformation d'ailleurs n'a point altéré, et même elle a augmenté leur valeur comme moyen de raisonnement.

Les mêmes réflexions s'appliquent exactement aux deux idées politiques générales, l'une positive, l'autre fictive, comparées ci-dessus.

Avant de quitter l'examen du travail de Condorcet, il convient d'en déduire un troisième point de vue sous lequel peut être présenté l'esprit de la politique positive.

On a beaucoup reproché à Condorcet d'avoir osé terminer son ouvrage par un tableau de l'avenir. Cette conception hardie est, au contraire, la seule vue philosophique d'une haute importance introduite par Condorcet dans l'exécution de son travail, et elle devra être précieusement conservée dans la nouvelle histoire de la civilisation, dont un tel tableau est évidemment la conclusion naturelle.

Ce qu'on pouvait avec raison reprocher à Condorcet, c'était, non d'avoir voulu déterminer l'avenir, mais de l'avoir mal déterminé. Cela a tenu à ce que son étude du passé était absolument vicieuse, d'après les motifs précédemment indiqués. Condorcet ayant mal coordonné le

passé, l'avenir n'en résultait pas. Cette insuffisance de l'observation l'a réduit à composer l'a-
venir essentiellement d'après son imagination ;
et, par une suite nécessaire, il l'a mal conçu.
Mais cet insuccès, dont la cause est sensible, ne
prouve point qu'à l'aide d'un passé bien coordonné, on ne puisse, en effet, déterminer avec
sûreté l'aspect général de l'avenir social.

Une telle idée ne paraît étrange, que parce
qu'on n'est pas encore habitué à considérer la
politique comme une véritable science. Car, si
on l'envisageait ainsi, la détermination de l'avenir par l'observation philosophique du passé,
semblerait, au contraire, une idée très-naturelle
avec laquelle tous les hommes sont familiarisés
pour les autres classes de phénomènes.

Toute science a pour but la prévoyance. Car
l'usage général des lois établies d'après l'observation des phénomènes, est de prévoir leur succession. En réalité, tous les hommes, quelque
peu avancés qu'on les suppose, font de véritables prédictions, toujours fondées sur le même
principe, la connaissance de l'avenir par celle
du passé. Tous prédisent, par exemple, les effets généraux de la pesanteur terrestre, et une
foule d'autres phénomènes assez simples et assez
fréquents pour que leur ordre de succession devienne sensible au spectateur le moins capable

et le moins attentif. La faculté de prévoyance,
dans chaque individu, a pour mesure sa science.
La prévoyance de l'astronome qui prédit, avec
une précision parfaite, l'état du système solaire
un très-grand nombre d'années à l'avance, est
absolument de même nature que celle du sauvage qui prédit le prochain lever du soleil. Il
n'y a de différence que dans l'étendue de leurs
connaissances.

Il est donc évidemment très-conforme à la
nature de l'esprit humain, que l'observation du
passé puisse dévoiler l'avenir, en politique,
comme elle le fait en astronomie, en physique,
en chimie et en physiologie.

Une telle détermination doit même être regardée comme le but direct de la science politique, à l'exemple des autres sciences positives.
Il est clair en effet, que la fixation du système
social auquel la marche de la civilisation appelle
aujourd'hui l'élite de l'espèce humaine, fixation
qui constitue le véritable objet pratique de la
politique positive, n'est autre chose qu'une détermination générale du prochain avenir social,
tel qu'il résulte du passé.

En résumé, Condorcet a conçu, le premier,
la véritable nature du travail général qui doit
élever la politique au rang des sciences d'observation. Mais il l'a exécuté dans un esprit abso-

lument vicieux, sous les rapports les plus essentiels. Le but a été entièrement manqué, d'abord quant à la théorie, et par suite quant à la pratique. Ainsi, ce travail doit être de nouveau conçu en totalité, d'après des vues vraiment philosophiques, en ne regardant la tentative de Condorcet que comme marquant le but réel de la politique scientifique.

Afin de compléter l'examen sommaire des efforts faits jusqu'ici pour élever la politique au rang des sciences positives, il reste à considérer deux autres tentatives, qui ne sont pas comme les deux précédentes, dans la véritable ligne des progrès de l'esprit humain en politique, mais qu'il est néanmoins utile de signaler.

Le besoin de rendre positive la science sociale est si réel aujourd'hui, cette grande entreprise est tellement parvenue à sa maturité, que plusieurs esprits supérieurs ont essayé d'atteindre à ce but en traitant la politique comme une application d'autres sciences déjà positives, dans le domaine desquelles ils ont cru pouvoir la faire rentrer. Comme ces tentatives étaient, par leur nature, inexécutables, elles ont été beaucoup plus projetées que suivies. Il suffira donc de les envisager du point de vue le plus général.

La première a consisté dans les efforts faits pour appliquer à la science sociale l'analyse ma-

thématique, en général, et spécialement celle de
ses branches qui se rapporte au calcul des probabilités. Cette direction a été ouverte par Condorcet (1), et suivie principalement par lui.
D'autres géomètres ont marché sur ses traces,
et partagé ses espérances, sans ajouter rien de
vraiment essentiel à ses travaux, du moins sous
le rapport philosophique. Tous se sont accordés
à regarder cette manière de procéder comme la
seule qui pût imprimer à la politique un caractère positif.

Les considérations exposées dans ce chapitre
nous semblent établir suffisamment qu'une telle
condition n'est nullement nécessaire pour que
la politique devienne une science positive. Mais
il y a plus : cette manière d'envisager la science
sociale est purement chimérique, et, par conséquent, tout-à-fait vicieuse, comme il est aisé
de le reconnaître.

S'il était ici question de porter un jugement

_____

(1) Un tel projet, de la part de Condorcet, prouve, conformément à l'examen précédent, qu'il était fort loin d'a-
voir conçu, d'une manière nette, l'importance capitale
de l'histoire de la civilisation ; puisque s'il avait clairement
vu, dans l'observation philosophique du passé, le moyen
de rendre positive la science sociale, il ne l'aurait pas cherché ailleurs.

détaillé sur les travaux de ce genre exécutés jusqu'ici, on constaterait bientôt qu'ils n'ont réellement ajouté aucune notion de quelqu'importance à la masse des idées acquises. On verrait, par exemple, que les efforts des géomètres, pour élever le calcul des probabilités au-dessus de ses applications naturelles, n'ont abouti, dans leur partie la plus essentielle et la plus positive, qu'à présenter, relativement à la théorie de la certitude, comme terme d'un long et pénible travail algébrique, quelques propositions presque triviales, dont la justesse est aperçue du premier coup-d'œil avec une parfaite évidence par tout homme de bon sens. Mais nous devons nous borner à examiner l'entreprise en elle-même, et dans sa plus grande généralité.

En premier lieu, les considérations par lesquelles plusieurs physiologistes, et surtout Bichat, ont montré, en général, l'impossibilité radicale de faire aucune application réelle et importante de l'analyse mathématique aux phénomènes des corps organisés, s'appliquent, d'une manière directe et spéciale, aux phénomènes moraux et politiques, qui ne sont qu'un cas particulier des premiers.

Ces considérations sont fondées sur ce que la plus indispensable condition préliminaire, pour que des phénomènes soient susceptibles d'être ramenés à des lois mathématiques, c'est que leurs degrés de quantité soient fixes. Or, dans tous les phénomènes physiologiques, chaque effet, partiel ou total, est assujéti à d'immenses variations de quantité, qui se succèdent avec la plus grande rapidité, et d'une manière tout-à-fait irrégulière, sous l'influence d'une foule de causes diverses qui ne comportent aucune estimation précise. Cette extrême variabilité est un des grands caractères des phénomènes propres aux corps organisés; elle constitue une de leurs différences les plus tranchées avec ceux des corps bruts. Elle interdit évidemment tout espoir de les soumettre jamais à de véritables calculs, tels, par exemple, que ceux des phénomènes astronomiques, les plus propres de tous à servir de type dans les comparaisons de ce genre.

Cela posé, on conçoit aisément que cette variabilité perpétuelle d'effets, tenant à l'excessive complication des causes qui concourent à les produire, doit être la plus grande possible pour les phénomènes moraux et politiques de l'espèce humaine, qui forment la classe la plus compliquée des phénomènes physiologiques. Ils sont, en effet, ceux de tous dont les degrés de quantité présentent les variations les plus étendues, les plus multipliées et les plus irrégulières.

Si l'on pèse convenablement ces considérations, nous croyons qu'on n'hésitera pas à af-
firmer, sans craindre d'avoir une trop faible idée
de la portée de l'esprit humain, que, non-seulement dans l'état présent de nos connaissances,
mais dans le plus haut degré de perfectionnement auquel elles soient susceptibles d'atteindre,
toute grande application du calcul à la science
sociale est et restera nécessairement impossible.

En second lieu, quand on supposerait qu'un
tel espoir pût jamais se réaliser, il demeurerait
incontestable que, même pour y parvenir, la
science politique doit d'abord être étudiée d'une
manière directe, c'est-à-dire, en s'occupant uniquement de coordonner la série des phénomènes politiques.

En effet, de quelque haute importance que
soit l'analyse mathématique, considérée dans
ses véritables usages, il ne faut pas perdre de
vue qu'elle n'est qu'une science purement ins-
trumentale, ou de méthode. Par elle-même,
elle n'enseigne rien de réel; elle ne devient une
source féconde de découvertes positives, qu'en
s'appliquant à des phénomènes observés.

Dans la sphère des phénomènes qui comportent cette application, elle ne saurait jamais avoir
lieu immédiatement. Elle suppose toujours,

dans la science correspondante, un degré préliminaire de culture et de perfectionnement, dont le terme naturel est la connaissance de lois précises dévoilées par l'observation relativement à la quantité des phénomènes. Aussitôt que de telles lois sont découvertes, quelqu'imparfaites qu'elles soient, l'analyse mathématique devient applicable. Dès lors, par les puissants moyens de déduction qu'elle présente, elle permet de réduire ces lois à un très-petit nombre, souvent à une seule, et d'y faire rentrer, de la manière la plus précise, une foule de phénomènes qu'elles ne semblaient pas d'abord pouvoir comprendre. En un mot, elle établit dans la science une coordination parfaite, qui ne pourrait être obtenue, au même degré, par aucune autre voie. Mais il est évident que toute application de l'analyse mathématique, tentée avant que cette condition préliminaire de la découverte de certaines lois calculables ait été remplie, serait absolument illusoire. Bien loin de pouvoir rendre positive aucune branche de nos connaissances, elle n'aboutirait qu'à replonger l'étude de la nature dans le domaine de la métaphysique, en transportant aux abstractions le rôle exclusif des observations.

Ainsi, par exemple, on conçoit que l'analyse mathématique ait été appliquée avec un grand

succès à l'astronomie, soit géométrique, soit
mécanique, à l'optique, à l'acoustique, et tout
récemment à la théorie de la chaleur, quand
une fois les progrès de l'observation ont conduit
ces diverses parties de la physique à établir entre
les phénomènes quelques lois précises de quantité; tandis que, avant ces découvertes, une
telle application n'aurait eu aucune base réelle,
aucun point de départ positif. De même, encore, les chimistes qui croient le plus fortement
aujourd'hui à la possibilité d'appliquer un jour,
d'une manière large et en même temps positive, l'analyse mathématique aux phénomènes
chimiques, ne cessent pas pour cela de les étudier directement, bien convaincus qu'une longue série de recherches d'observation et d'expérience pourra seule dévoiler les lois numériques
sur lesquelles cette application doit être fondée
pour avoir de la réalité.

La condition indispensable qui vient d'être indiquée, est d'autant plus difficile à remplir,
elle exige un degré préalable de culture et de
perfectionnement d'autant plus grand, dans la
science correspondante, que les phénomènes
en sont plus compliqués. C'est ainsi que l'astronomie est devenue, au moins dans sa partie géométrique, une branche des mathématiques appliquées avant l'optique, celle-ci avant l'acous-

tique, et la théorie de la chaleur en dernier lieu. C'est ainsi, encore, que la chimie est aujourd'hui fort loin de cette état, si elle doit y parvenir jamais.

En jugeant, d'après ces principes incontestables, l'application du calcul aux phénomènes physiologiques en général, et, en particulier, aux phénomènes sociaux de l'espèce humaine, on voit d'abord que, même en admettant la possibilité de cette application, elle ne dispenserait nullement de l'étude directe des phénomènes, qu'elle prescrit, au contraire, comme condition préalable. De plus, si l'on considère attentivement la nature de cette condition, on sentira qu'elle exige, dans la physique des corps organisés en général, et surtout dans la physique sociale, un degré de perfectionnement qui, lors même qu'il ne serait pas chimérique, ne pourrait évidemment être atteint qu'après des siècles de culture. La découverte de lois précises et calculables, en physiologie, représenterait un degré d'avancement très-supérieur à celui qu'imaginent ceux-mêmes des physiologistes qui conçoivent les espérances les plus étendues des destinées futures de cette science. En réalité, d'après les motifs indiqués plus haut, un tel état de perfection doit être regardé comme absolument chimérique, incompatible avec la nature des phénomènes, et tout-à-fait disproportionné à la portée véritable de l'esprit humain.

Les mêmes raisons s'appliquent évidemment, et avec plus de force encore, à la science politique, vu le degré plus grand de complication de ses phénomènes. Imaginer qu'il serait possible un jour de découvrir quelques lois de quantité entre les phénomènes de cette science, ce serait la supposer perfectionnée à un degré tel que, même avant d'être parvenue à ce point, tout ce qu'elle a de vraiment intéressant à trouver serait complètement obtenu, dans une proportion qui surpasse de beaucoup tous les désirs qu'on peut raisonnablement former. Ainsi, l'analyse mathématique ne deviendrait applicable qu'à l'époque où son application ne pourrait plus avoir aucune importance réelle.

Il résulte des considérations précédentes, que, d'un côté, la nature des phénomènes politiques interdit absolument tout espoir de leur appliquer jamais l'analyse mathématique; et, d'un autre côté, que cette application, à la supposer possible, ne pourrait nullement servir à élever la politique au rang des sciences positives, puisqu'elle exigerait, pour être praticable, que la science fût faite.

Les géomètres n'ont pas fait assez d'attention

jusqu'à présent à la grande division fondamentale de nos connaissances positives, en étude des
corps bruts et étude des corps organisés. Cette
division, que l'esprit humain doit aux physiologistes, est aujourd'hui établie sur des bases
inébranlables, et se confirme de plus en plus
à mesure qu'elle est méditée davantage. Elle li-
mite, d'une manière précise et irrévocable, les
véritables applications des mathématiques, dans
leur plus grande extension possible. On peut
établir en principe, que jamais l'analyse mathématique ne saurait étendre son domaine au-delà
de la physique des corps bruts, dont les phénomènes sont les seuls qui offrent le degré de
simplicité, et par suite, de fixité nécessaire
pour pouvoir être ramenés à des lois numériques.

Si l'on considère combien, même dans les
applications les plus simples de l'analyse mathématique, sa marche devient embarrassée lorsqu'elle veut rapprocher suffisamment l'état abstrait de l'état concret, combien cet embarras
augmente à mesure que les phénomènes se com-
pliquent, on sentira que la sphère de ses attri-
butions réelles est bien plutôt exagérée que rétrécie par le principe précédent.

Le projet de traiter la science sociale comme
une application des mathématiques, afin de la

rendre positive, a pris sa source dans le préjugé métaphysique, que, hors des mathématiques, il ne peut exister de véritable certitude. Ce préjugé était naturel à l'époque où tout ce qui était positif se trouvait être du domaine des mathématiques appliquées, et où, par conséquent, tout ce qu'elles n'embrassaient pas était vague et conjectural. Mais depuis la formation de deux grandes sciences positives, la chimie, et la physiologie surtout, dans lesquelles l'analyse mathématique ne joue aucun rôle, et qui n'en sont pas moins reconnues aussi certaines que les autres, un tel préjugé serait absolument inexcusable.

Ce n'est point comme étant des applications de l'analyse mathématique que l'astronomie, l'optique, etc., sont des sciences positives et certaines. Ce caractère leur vient d'elles-mêmes, il résulte de ce qu'elles sont fondées sur des faits observés, et il ne pouvait résulter que de là, car l'analyse mathématique, isolée de l'observation de la nature, n'a qu'un caractère métaphysique. Seulement, il est certain que dans les sciences auxquelles les mathématiques ne sont pas applicables, on doit beaucoup moins perdre de vue la stricte observation directe; les déductions ne peuvent point être aussi prolongées avec sûreté, parce que les moyens de raisonnement sont bien moins parfaits. A cela près, la certitude est tout aussi complète, en se renfermant dans les limites convenables. On obtient, sans doute, une moins bonne coordination, mais elle est suffisante pour les besoins réels des applications de la science.

La recherche chimérique d'une perfection impossible n'aurait d'autre résultat que de retarder nécessairement les progrès de l'esprit humain, en consumant en pure perte de grandes forces intellectuelles, et en détournant les efforts des savans de leur véritable direction d'efficacité positive. Tel est le jugement définitif que nous croyons pouvoir porter des essais faits ou à faire pour appliquer l'analyse mathématique à la physique sociale.

Une seconde tentative, infiniment moins vicieuse, dans sa nature, que la précédente, mais pareillement inexécutable, est celle qui a eu pour objet de rendre positive la science sociale, en la ramenant à être essentiellement une simple conséquence directe de la physiologie. Cabanis est l'auteur de cette conception, et c'est surtout par lui qu'elle a été suivie. Elle constitue le véritable but philosophique de son célèbre ouvrage sur le *Rapport du physique et du moral de l'homme*, aux yeux de quiconque a considéré la doctrine générale exposée dans cet

ouvrage comme organique, et non comme purement critique.

Les considérations présentées dans ce chapitre
sur l'esprit de la politique positive, prouvent
pour cet essai, comme pour le précédent, qu'il
était nécessairement mal conçu. Mais il s'agit
actuellement d'en indiquer le vice avec précision.

Il consiste en ce qu'une telle manière de procéder annulle l'observation directe du passé social, qui doit servir de base fondamentale à la
politique positive.

La supériorité de l'homme sur les autres animaux, ne pouvant avoir et n'ayant, en effet,
d'autre cause que la perfection relative de son
organisation, tout ce qu'a fait l'espèce humaine et
tout ce qu'elle peut faire doit, évidemment, être
regardé, en dernière analise, comme une conséquence nécessaire de son organisation, modi-
fiée, dans ses effets, par l'état de l'extérieur. En
ce sens, la physique sociale, c'est-à-dire l'étude
du développement collectif de l'espèce humaine,
est réellement une branche de la physiologie,
c'est-à-dire, de l'étude de l'homme, conçue dans
toute son extension. En d'autres termes, l'histoire de la civilisation n'est autre chose que la
suite et le complément indispensable de l'histoire
naturelle de l'homme.

Mais, autant il importe de bien concevoir et
de ne jamais perdre de vue cette incontestable
filiation, autant il serait mal entendu d'en conclure qu'il ne faut pas établir de division tran-
chée entre la physique sociale et la physiologie
proprement dite.

Quand les physiologistes étudient l'histoire naturelle d'une espèce animale douée de sociabi-
lité, celle des castors, par exemple, ils y comprennent avec raison l'histoire de l'action collective exercée par la communauté. Ils ne jugent
pas nécessaire d'établir une ligne de démarca-
tion entre l'étude des phénomènes sociaux de
l'espèce, et celle des phénomènes relatifs à
l'individu isolé. Un tel défaut de précision n'a
dans ce cas aucun inconvénient réel, quoique les
deux ordres de phénomènes soient distincts. Car,
la civilisation des espèces sociables les plus intel-
ligentes se trouvant arrêtée presqu'à son origine,
principalement par l'imperfection de leur organisation, et secondairement par la prépondérance de l'espèce humaine, l'esprit n'éprouve
aucune peine, dans un enchaînement aussi peu
prolongé, à rattacher directement tous les phénomènes collectifs aux phénomènes individuels.
Ainsi, le motif général qui fait établir les divisions afin de faciliter l'étude, savoir, l'impossibilité pour l'intelligence humaine de suivre une

chaîne de déductions trop étendue, n'existe point alors.

Qu'on suppose, au contraire, l'espèce des castors devenue plus intelligente, que sa civilisation puisse se développer librement, de telle sorte qu'il y ait enchaînement continu de progrès d'une génération à l'autre, on sentira bientôt la nécessité de traiter séparément l'histoire des phénomènes sociaux de l'espèce. On pourra bien encore, pour les premières générations, rattacher cette étude à celle des phénomènes de l'individu. Mais à mesure qu'on s'éloignera de l'origine, cette déduction deviendra plus difficile à établir, et enfin, il y aura impossibilité totale de la suivre. C'est précisément ce qui existe, au plus haut degré, par rapport à l'homme.

Sans doute, les phénomènes collectifs de l'espèce humaine reconnaissent pour dernière cause, comme ses phénomènes individuels, la nature spéciale de son organisation. Mais l'état de la civilisation humaine à chaque génération ne dépend immédiatement que de celui de la génération précédente, et ne produit immédiatement que celui de la suivante. Il est possible de suivre, avec toute la précision suffisante, cet enchaînement, à partir de l'origine, en ne liant, d'une manière directe, chaque terme qu'au précédent et au suivant. Il serait, au contraire, absolument au-dessus des forces de notre esprit, de rattacher un terme quelconque de la série au point de départ primitif, en supprimant toutes les relations intermédiaires.

La témérité d'une telle entreprise, dans l'étude de l'espèce, pourrait être assimilée, dans l'étude de l'individu, à celle d'un physiologiste qui, considérant que les divers phénomènes des âges successifs sont uniquement la conséquence et le développement nécessaire de l'organisation primitive, s'efforcerait de déduire l'histoire d'une époque quelconque de la vie de l'état de l'individu à sa naissance, déterminé avec une grande précision, et se croirait ainsi dispensé d'examiner directement les divers âges pour connaître avec exactitude le développement total. L'erreur est même beaucoup plus grande, par rapport à l'espèce, qu'elle ne le serait, quant à l'individu, attendu que, dans le premier cas, les termes successifs à coordonner sont, à la fois, bien plus compliqués et bien plus nombreux que le second.

En s'obstinant à suivre cette marche impraticable, outre qu'on ne pourrait nullement étudier, d'une manière satisfaisante, l'histoire de la civilisation, on serait inévitablement conduit à tomber dans des erreurs capitales. Car, dans l'impossibilité absolue de rattacher directement

les divers états de civilisation au point de départ primitif et général établi par la nature spéciale de l'homme, on serait bientôt entraîné à
faire dépendre immédiatement de circonstances
organiques secondaires ce qui est une conséquence éloignée des lois fondamentales de l'organisation.

C'est ainsi, par exemple, que plusieurs physiologistes recommandables ont été amenés à supposer aux caractères nationaux une importance
évidemment exagérée dans l'explication des phénomènes politiques. Ils leur ont attribué des
différences de peuple à peuple qui ne tiennent,
dans presque tous les cas, qu'à des époques de
civilisation inégales. Il en est résulté le fâcheux
effet de regarder comme invariable, ce qui n'est
certainement que momentané. De telles déviations, dont il serait aisé de multiplier les exemples, et qui dérivent toutes du même vice primitif dans la manière de procéder, confirment
clairement la nécessité de séparer l'étude des
phénomènes sociaux de celle des phénomènes
physiologiques ordinaires.

Les géomètres qui se sont élevés à des idées
philosophiques, conçoivent, en thèse générale,
tous les phénomènes de l'univers, tant ceux des
corps organisés que ceux des corps bruts,
comme tenant à un petit nombre de lois com-

munes, immuables. Les physiologistes observent à cet égard, avec juste raison, que quand
même toutes ces lois seraient un jour parfaitement connues, l'impossibilité de déduire d'une
manière continue obligerait à conserver entre
l'étude des corps vivants et celle des corps inertes
la même division qui est aujourd'hui fondée sur
la diversité des lois. Un motif exactement semblable s'applique directement à la division entre
la physique sociale et la physiologie proprement
dite, c'est-à-dire, entre la physiologie de l'espèce et celle de l'individu. La distance est, sans
doute, beaucoup moins grande, puisqu'il ne
s'agit que d'une division secondaire, tandis que
l'autre est principale. Mais, il y a pareillement
impossibilité de déduire, quoique ce ne soit pas
au même degré.

L'insuffisance totale de cette manière de procéder se vérifie aisément, si, au lieu de la considérer seulement par rapport à la théorie de la
politique positive, on l'envisage, relativement
au but pratique actuel de cette science, savoir,
la détermination du système suivant lequel la
société doit être réorganisée aujourd'hui.

On peut, sans doute, établir, d'après les lois
physiologiques, quel est, en général, l'état de
civilisation le plus conforme à la nature de l'espèce humaine. Mais, d'après ce qui précède,

il est clair qu'on ne saurait aller plus loin par ce moyen. Or, une telle notion, isolée, est de pure spéculation, et ne peut aboutir, dans la pratique, à aucun résultat réel et positif. Car, elle ne met nullement à portée de connaître, d'une manière positive, à quelle distance l'espèce humaine se trouve actuellement de cet état, ni la marche qu'elle doit suivre pour y parvenir, ni enfin le plan général de l'organisation sociale correspondante. Ces déterminations indispensables ne peuvent évidemment résulter que d'une étude directe de l'histoire de la civilisation.

Si, malgré cela, l'on veut s'efforcer de donner une existence pratique à cet aperçu spéculatif et nécessairement incomplet, on ne saurait éviter de tomber aussitôt dans l'absolu. Car, on fait consister alors toute l'application réelle de la science sociale dans la formation d'un type invariable de perfection vague, sans aucune distinction d'époques, à la manière de la politique conjecturale. Les conditions d'après lesquelles l'excellence de ce type se trouve fixée, sont certainement d'un ordre beaucoup plus positif que celles qui servent de guides à la politique théologique et métaphysique. Mais cette modification ne change pas le caractère absolu, qui est inhérent à une telle question, dans quel-

que sens qu'on la suppose traitée. La politique
ne saurait donc jamais devenir vraiment positive par cette manière de procéder.

Ainsi, soit sous le point de vue théorique, soit
sous le point de vue pratique, il est également
vicieux de concevoir la science sociale comme
une simple conséquence de la physiologie.

Le véritable rapport direct entre la connaissance de l'organisation humaine et la science
politique, telle que ce chapitre l'a caractérisée,
consiste en ce que la première doit fournir à la
seconde son point de départ.

C'est à la physiologie qu'il appartient exclusivement d'établir, d'une manière positive, les
causes qui rendent l'espèce humaine susceptible d'une civilisation constamment progressive,
tant que l'état de la planète qu'elle habite n'y
met point un obstacle insurmontable. Elle seule
peut tracer le véritable caractère et la marche
générale nécessaire de cette civilisation. Elle
seule enfin permet d'éclaircir la formation des
premières aggrégations d'hommes, et de con-
duire l'histoire de l'enfance de notre espèce jusqu'à l'époque où elle est parvenue à donner l'essor à sa civilisation par la création d'un langage.

C'est à ce terme que s'arrête naturellement
le rôle des considérations physiologiques direc-

tes dans la physique sociale, qui doit alors se
fonder uniquement sur l'observation immédiate
des progrès de l'espèce humaine. Plus avant, la
difficulté de déduire deviendrait aussitôt trop
grande, parce que, à partir de cette époque, la
marche de la civilisation acquiert tout à coup
beaucoup plus de rapidité, de façon que les
termes à coordonner se multiplient brusque-
ment. D'un autre côté, les fonctions que la physiologie doit remplir dans l'étude du passé social ne seraient plus nécessaires alors; elle n'aurait plus pour but d'utilité de suppléer au défaut d'observations directes. Car, à dater de l'é-
tablissement d'une langue, il existe des don-
nées immédiates sur le développement de la civilisation, en sorte qu'il n'y a point de lacune
dans l'ensemble des considérations positives.

Il faut ajouter à ce qui précède, pour avoir
un aperçu complet du rôle véritable de la physiologie dans la physique sociale, que, comme
l'a très-bien senti Condorcet, le développement
de l'espèce n'étant que la somme des développemens individuels combinés, qui s'enchaînent
d'une génération à l'autre, il doit nécessairement présenter des traits de conformité généraux avec l'histoire naturelle de l'individu. Par
cette analogie, l'étude de l'homme isolé fournit
encore certains moyens de vérifications et de rai-

sonnement pour celle de l'espèce, distincts de ceux qui viennent d'être indiqués, et qui, quoique moins importants, ont l'avantage de s'étendre à toutes les époques.

En résumé, quoique la physiologie de l'espèce et celle de l'individu soient deux sciences absolument du même ordre, ou plutôt, deux portions distinctes d'une science unique, il n'en est pas moins indispensable de les concevoir et de les traiter séparément. Il faut que la première prenne sa base et son point de départ dans la seconde, pour être vraiment positive. Mais elle doit ensuite être étudiée d'une manière isolée, en s'appuyant sur l'observation directe des phénomènes sociaux.

Il était naturel qu'on cherchât à faire rentrer entièrement la physique sociale dans le domaine de la physiologie, quand on ne voyait pas d'autre moyen de lui imprimer le caractère positif. Mais cette erreur n'aurait plus d'excuse, aujourd'hui qu'il est facile de se convaincre de la possibilité de rendre positive la science politique, en la fondant sur l'observation immédiate du passé social.

En second lieu, au moment où l'étude des fonctions intellectuelles et affectives est sortie du domaine de la métaphysique pour entrer dans celui de la physiologie, il était très-difficile d'éviter toute exagération dans la fixation de la véritable sphère physiologique, et de n'y pas comprendre aussi l'examen des phénomènes sociaux. L'époque des conquêtes ne peut pas être celle des limites précises. Aussi, Cabanis, qui a été un des principaux coopérateurs de cette grande révolution, est-il particulièrement excusable de s'être fait illusion à cet égard. Mais aujourd'hui qu'une sévère analyse peut et doit succéder à l'entraînement de la première impulsion, aucune cause ne peut plus empêcher de méconnaître la nécessité d'une division, indispensablement exigée par la faiblesse de l'esprit humain.

Nul motif réel ne peut plus porter à isoler, dans l'étude de l'individu, les phénomènes spécialement appelés moraux, des autres phénomènes. La révolution qui les a tous liés entr'eux doit être regardée comme le pas le plus essentiel que la physiologie ait fait jusqu'ici, sous le rapport philosophique.

Au contraire, des considérations du premier ordre d'importance démontrent l'absolue nécessité de séparer l'étude des phénomènes collectifs de l'espèce humaine, de celle des phénomènes individuels, en établissant, du reste, entre ces deux grandes sections de la physiologie totale, leur relation naturelle. S'efforcer de faire disparaître cette indispensable division, ce serait tomber dans une erreur analogue, quoiqu'inférieure, à celle si justement combattue par les vrais physiologistes, qui présente l'étude des corps vivans comme conséquence et un appendice de celle des corps inertes.

Telles sont les quatre tentatives principales faites jusqu'à présent dans le but d'élever la politique au rang des sciences d'observation, et dont l'ensemble constate, de la manière la plus décisive, la nécessité et la maturité de cette grande entreprise. L'examen spécial de chacune d'elles confirme, sous un point de vue distinct, les principes antérieurement exposés dans ce chapitre, sur le véritable moyen de donner à la politique un caractère positif; et, par suite, d'arrêter avec sûreté la conception générale du nouveau système social, qui peut seul terminer la crise actuelle de l'Europe civilisée.

On peut donc regarder comme établi *à priori* et *à postériori* sur des démonstrations réelles, que, pour atteindre ce but capital, il faut regarder la science politique comme une physique particulière, fondée sur l'observation directe des phénomènes relatifs au développement collectif de l'espèce humaine, ayant pour objet la coordination du passé social, et pour résultat la détermination du système que la marche de la civilisation tend à produire aujourd'hui.

Cette physique sociale est, évidemment, aussi positive qu'aucune autre science d'observation. Sa certitude intrinsèque est tout aussi réelle (1). Les lois qu'elle découvre, satisfaisant à l'ensemble des phénomènes observés, leur application mérite une entière confiance.

Comme toutes les autres, cette science possède, en outre, des moyens généraux de vérification, même indépendamment de sa relation nécessaire avec la physiologie. Ces moyens sont fondés sur ce que, dans l'état présent de l'espèce humaine, considérée en totalité, tous les degrés de civilisation co-existent sur les divers points du globe, depuis celui des sauvages de la Nouvelle-Zélande, jusqu'à celui des Français et des Anglais. Ainsi, l'enchaînement établi d'après la succession des temps, peut être vérifié par la comparaison des lieux.

---

(1) Il est, sans doute, superflu de s'arrêter à réfuter les objections infiniment exagérées, présentées par plusieurs auteurs, et surtout par Volney, contre la certitude des faits historiques. Quand même on accorderait à ces objections toute la latitude que ces écrivains leur ont donnée, elles ne porteraient en aucune manière sur les faits d'un certain degré d'importance et de généralité, qui sont les seuls à considérer dans l'étude de la civilisation.

Au premier abord, cette nouvelle science semble réduite à la simple observation, et totalement privée du secours des expériences, ce qui ne l'empêcherait pas d'être positive, témoin l'astronomie. Mais, en physiologie, indépendamment des expériences sur les animaux, les cas pathologiques sont réellement un équivalent d'expériences directes sur l'homme, parce qu'ils altèrent l'ordre habituel des phénomènes. De même, et par un motif semblable, les époques multipliées où les combinaisons politiques ont tendu, plus ou moins, à arrêter le développement de la civilisation, doivent être regardées comme fournissant à la physique sociale de véritables expériences, encore plus propres que l'observation pure à dévoiler ou à confirmer les lois naturelles qui président à la marche collective de l'espèce humaine.

Si, comme nous osons l'espérer, les considérations présentées dans ce chapitre font sentir aux savans l'importance et la possibilité d'établir une politique positive dans l'esprit que nous avons indiqué, nous présenterons alors avec plus de détail notre opinion sur la manière d'exécuter cette première série de travaux. Mais nous croyons utile de rappeler, en terminant, la nécessité de la diviser, avant tout, en deux ordres, l'un, de travaux généraux, l'autre, de travaux particuliers.

Le premier ordre doit avoir pour objet d'établir la marche générale de l'espèce humaine, abstraction faite de toutes les causes quelconques qui peuvent modifier la vitesse de sa civilisation ; et, par suite, de toutes les diversités observées de peuple à peuple, quelque grandes qu'elles puissent être. Dans le second ordre, on se proposera d'estimer l'influence de ces causes modificatrices ; et, par suite, de former le tableau définitif, dans lequel chaque peuple occupera la place spéciale correspondante à son développement propre.

L'une et l'autre classe de travaux, et surtout la dernière, sont d'ailleurs susceptibles, dans leur exécution, de plusieurs degrés de généralité, dont la nécessité se fera vraisemblablement sentir aux savans.

L'obligation de traiter le premier ordre de travaux avant le second, est fondée sur ce principe évident, applicable à la physiologie de l'espèce comme à celle de l'individu, que les idiosyncrasies ne doivent être étudiées qu'après l'établissement des lois générales. Il faudrait renoncer absolument à obtenir aucune notion nette, si cette règle était violée.

Quant à la possibilité de procéder ainsi, elle

résulte de ce qu'il y a, aujourd'hui, un assez grand nombre de points particuliers bien éclaircis, pour qu'on puisse s'occuper directement d'une coordination générale. Les physiologistes n'ont pas attendu, pour se former une idée de l'ensemble de l'organisation, que toutes les fonctions spéciales fussent connues. Il doit en être de même dans la physique sociale.

En précisant davantage les considérations précédentes, on voit qu'elles tendent à établir que, dans la formation de la science politique, il faut procéder du général au particulier. Or, si l'on examine ce précepte d'une manière directe, il est aisé d'en reconnaître la justesse.

La marche que suit l'esprit humain dans la recherche des lois qui régissent les phénomènes naturels, présente, sous le rapport qui nous occupe, une importante différence, suivant qu'il étudie la physique des corps bruts, ou celle des corps organisés.

Dans la première, l'homme se trouvant former une partie imperceptible d'une suite immense de phénomènes, dont il ne peut espérer, sans une folle présomption, d'apercevoir jamais l'ensemble, il est obligé, aussitôt qu'il commence à les étudier dans un esprit positif, de considérer d'abord les faits les plus particuliers, pour s'élever ensuite graduellement à la découverte de

quelques lois générales, qui deviennent plus
tard le point de départ de ses recherches. Au
contraire, dans la physique des corps organisés,
l'homme étant lui-même le type le plus complet
de l'ensemble des phénomènes, ses découvertes
positives commencent nécessairement par les
faits les plus généraux, qui lui prêtent ensuite
une lumière indispensable pour éclaircir l'étude
d'un genre de détails dont, par leur nature, la
connaissance précise lui est à jamais interdite.
En un mot, dans les deux cas, l'esprit humain
procède du connu à l'inconnu; mais, dans le
premier, il s'élève d'abord du particulier au
général, parce que la connaissance des détails
est plus immédiate pour lui que celle des masses;
tandis que, dans le second, il commence par
descendre du général au particulier, parce qu'il
connaît plus directement l'ensemble que les
parties. Le perfectionnement de chacune des
deux sciences consiste essentiellement, sous le
rapport philosophique, à lui permettre d'adopter la méthode de l'autre, sans que celle-ci lui
devienne cependant jamais aussi propre que sa
méthode primitive.

Après avoir considéré cette loi du point de
vue le plus élevé de la philosophie positive, on
peut la vérifier facilement en observant la marche qu'a suivie jusqu'à ce jour le développe-

ment des sciences naturelles, depuis le moment
où chacune d'elles a cessé définitivement d'avoir
le caractère théologique ou métaphysique (1).

En effet, dans l'étude des corps bruts, en
l'examinant d'abord quant à ses divisions principales, on voit l'astronomie, la physique et la
chimie, commencer par être absolument isolées
les unes des autres, et se rapprocher ensuite
sous des rapports de plus en plus multipliés,
tellement qu'enfin on peut aujourd'hui apercevoir en elles une tendance manifeste à ne former qu'un seul corps de doctrine. De même,
en considérant à part chacune d'elles, on la voit
naître de l'étude de faits d'abord incohérens, et
arriver par degrés aux généralités actuellement
connues. C'est seulement dans l'astronomie, et
dans quelques sections de la physique terrestre,
que l'esprit humain a pu parvenir jusqu'ici à
suivre, sous des rapports fondamentaux, la
marche opposée. On peut même dire, que, en
astronomie, la marche primitive n'a été chan-
gée par la loi de la gravitation universelle, que
sous un rapport réellement secondaire, quant à

---

(1) Il est essentiel de faire attention à cette restriction ;
car nous ne croyons pas que cette loi soit exactement applicable à l'époque théologique ou métaphysique, destinée
à préparer pour chaque science l'époque positive.

l'ensemble des phénomènes , quoique principal
relativement à nous. Car cette loi n'embrasse
point encore, et probablement même n'embras-
sera jamais, dans ses applications, les faits
astronomiques les plus généraux, qui consistent
dans les relations des différents systèmes solaires,
dont nous n'avons jusqu'ici aucune connaissance.
Cette remarque , portant sur la branche la plus
parfaite de la physique inorganique , offre une
vérification saillante du principe que nous considérons.

Si l'on examine maintenant la partie de ce
principe qui se rapporte à l'étude des corps vivants , la confirmation en est aussi sensible. En
premier lieu , l'enchaînement général des fonctions dont se compose une organisation , est
certainement mieux connu aujourd'hui que l'action partielle de chaque organe; et de même,
sous un point de vue plus étendu , l'étude des
relations générales qui existent entre les diverses
organisations, soit animales, soit végétales, est ,
sans doute, plus avancée que celle de chaque
organisation particulière. En second lieu , les
principales branches dont se compose aujour-
d'hui la physique organique, ont été d'abord
confondues, et ce n'est qu'en vertu des progrès
de la physiologie positive qu'on est parvenu à
analyser avec précision les différents points de
vue généraux sous lesquels un corps vivant peut

être envisagé, de manière à fonder sur ces distinctions une division rationelle de la science. Cela est même tellement exact, que vu le peu de temps depuis lequel la physique des corps organisés est devenue vraiment positive, la distribution de ses parties principales n'est pas encore arrêtée d'une manière parfaitement nette. Le fait est plus sensible encore en passant de la science aux savans, car ceux-ci sont évidemment bien moins spéciaux dans leur ordre de travaux que les savans livrés à l'étude des corps bruts.

On peut donc regarder comme établi par l'observation et par le raisonnement, que l'esprit humain procède principalement du particulier au général dans la physique inorganique, et, au contraire, du général au particulier dans la physique organique; que, du moins, c'est incontestablement suivant cette marche que s'effectuent pendant long-temps les progrès de la science, depuis le moment où elle prend le caractère positif.

Si la seconde partie de cette loi a été méconnue jusqu'à présent, si l'on a cru que, dans un ordre quelconque de recherches, l'esprit humain procédait toujours nécessairement du particulier au général, cette erreur s'explique d'une manière très-naturelle, en considérant que la physique des corps bruts ayant dû se développer la première, c'est sur l'observation de la marche qui lui est propre qu'ont dû être primitivement fondés les préceptes de la philosophie positive. Mais la prolongation d'une telle erreur cesserait d'être excusable, aujourd'hui que l'observation philosophique peut porter sur les deux ordres de sciences naturelles.

En appliquant à la physique sociale, qui n'est qu'une branche de la physiologie, le principe que nous venons d'établir, il démontre évidemment la nécessité de commencer, dans l'étude du développement de l'espèce humaine, par la coordination des faits les plus généraux, pour descendre ensuite graduellement à un enchaînement de plus en plus précis. Mais afin de ne laisser aucune incertitude sur ce point essentiel, il convient de vérifier le principe d'une manière directe dans ce cas particulier.

Tous les ouvrages historiques écrits jusqu'à ce jour, même les plus recommandables, n'ont eu essentiellement, et n'ont dû avoir de toute nécessité que le caractère d'*annales*, c'est-à-dire de description et de disposition chronologique d'une certaine suite de faits particuliers, plus ou moins importants, et plus ou moins exacts, mais toujours isolés entre eux. Sans doute, les considérations relatives à la coordination et à la filiation des phénomènes politiques n'y ont pas été entièrement négligées, surtout depuis un demi-siècle. Mais il est clair que ce mélange n'a point encore refondu le caractère de ce genre de composition, qui n'a pas cessé d'être littéraire (1). Il n'existe point jusqu'ici de véritable *histoire*, conçue dans un esprit scientifique, c'est-à-dire, ayant pour but la recherche des lois qui président au développement social de l'espèce humaine, ce qui est précisément l'objet de la série de travaux que nous considérons dans ce chapitre.

La distinction précédente suffit pour expliquer pourquoi on a cru presqu'universellement jusqu'ici qu'il fallait procéder, en histoire, du particulier au général, et pourquoi, au contraire, on doit aujourd'hui procéder du général au particulier, sous peine de n'obtenir aucun résultat.

Car, lorsqu'il s'agit seulement de construire avec exactitude des *annales* générales de l'espèce

---

(1) Il ne s'agit ici que d'établir un fait, et non de le juger. Nous sommes, d'ailleurs, très-convaincus de l'utilité et même de la nécessité absolue de cette classe d'écrits comme travail préliminaire. On ne nous soupçonnera pas sans doute de penser qu'il pût y avoir d'histoire sans annales. Mais il est également certain que des annales ne sont pas plus de l'histoire que des recueils d'observations météorologiques ne sont de la physique.

humaine, il faut évidemment commencer par former celles des différents peuples, et celles-ci ne peuvent être fondées que sur des chroniques de provinces et de villes, ou même sur de simples biographies. Pareillement, sous un autre rapport, pour former les annales complètes de chaque fraction quelconque de population, il est indispensable de réunir une suite de documens séparés relatifs à chacun des points de vue sous lesquels elle doit être considérée. C'est ainsi qu'on doit nécessairement procéder pour parvenir à composer les faits généraux qui sont les matériaux de la science politique, ou plutôt le sujet sur lequel portent ses combinaisons. Mais une marche toute opposée devient indispensable, aussitôt qu'on arrive à la formation directe de la science, c'est-à-dire, à l'étude de l'enchaînement des phénomènes.

En effet, par leur nature même, toutes les classes de phénomènes sociaux se développent simultanément, et sous l'influence les unes des autres, de telle sorte qu'il est absolument impossible de s'expliquer la marche suivie par aucune d'elles, sans avoir préalablement conçu d'une manière générale la progression de l'ensemble.

Chacun reconnaît, par exemple, aujourd'hui, que l'action réciproque des divers états euro-

péens est trop importante, pour que leurs histoires puissent être véritablement séparées. Mais
la même impossibilité n'est pas moins sensible,
relativement aux divers ordres de faits politiques
qu'on observe dans une société unique. Les progrès d'une science ou d'un art ne sont-ils pas
en connexion évidente avec ceux des autres
sciences ou des autres arts? Le perfectionnement de l'étude de la nature, et celui de l'action
sur la nature, ne tiennent-ils pas l'un à l'autre?
Tous deux ne sont-ils pas étroitement liés avec
l'état de l'organisation sociale, et réciproquement? Ainsi, pour connaître avec précision les
lois réelles du développement spécial de la branche la plus simple du corps social, il faudrait
nécessairement obtenir à la fois la même précision
sion pour toutes les autres, ce qui est d'une absurdité manifeste.

On doit donc, au contraire, se proposer d'a-
bord de concevoir dans sa plus grande généralité le phénomène du développement de l'espèce
humaine, c'est-à-dire, d'observer et d'enchaîner
entre eux les progrès les plus importants qu'elle
a faits successivement dans les principales direc-
tions différentes. On tendra ensuite à donner
par degrés à ce tableau une précision de plus
en plus grande, en sous-divisant toujours davantage les intervalles d'observation, et les classes

de phénomènes à observer. De même, sous le rapport pratique, l'aspect de l'avenir social, déterminé d'abord d'une manière générale, en résultat d'une première étude du passé, deviendra de plus en plus détaillé à mesure que la connaissance de la marche antérieure de l'espèce humaine se développera davantage. La dernière perfection de la science, qui, vraisemblablement ne sera jamais atteinte d'une manière complète, consisterait, sous le rapport théorique, à faire concevoir avec exactitude depuis l'origine la filiation des progrès d'une génération à l'autre, soit pour l'ensemble du corps social, soit pour chaque science, chaque art, et chaque partie de l'organisation politique; et sous le rapport pratique, à déterminer rigoureusement dans tous ses détails essentiels le système que la marche naturelle de la civilisation doit rendre dominant.

Telle est la méthode strictement dictée par la nature de la physique sociale.